AF237086

Wie ich 1986 tötete,
danach verrückt war und starb

Anmerkung zu dieser Druckfassung:

Maximale Authentizität war das primäre Ziel. Deshalb
wurde das ursprüngliche Layout nur minimal an unsere
Lesegewohnheiten angepasst.

Stilistische sowie grammatikalische Auffälligkeiten,
Zeichensetzung und Rechtschreibung entsprechen exakt
dem autobiographischen Original-Quellentext.

Ergänzend wurden 65 erläuternde Fußnoten eingepflegt.

Wie ich 1986 tötete, danach verrückt war & starb

Theodor Vincent Seel

Bibliografische Information der
Deutschen Nationalbibliothek:
Die Deutsche Nationalbibliothek
verzeichnet diese Publikation in der
Deutschen Nationalbibliografie;
detaillierte bibliografische Daten sind
im Internet über http://dnb.dnb.de abrufbar.

1. Auflage

Kontakt: nachlasstheodorvincentseel(a)protonmail.com
Herstellung und Verlag:
BoD – Books on Demand, Norderstedt
ISBN: 9783751989299

Kapitelübersicht

Teil A

Teil B

TEIL

A

Kapitel 1

Freitag, 31. Oktober 86
Reformationstag

Elli, die drallbusige Barkeeperin, mit ihren hüftlangen lustigen Naturlocken – zweifellos keine Dauerwelle – hat heute wieder Schicht. Sie ist überhaupt nicht hübsch, aber ihre schwarzen Augen sind so lebhaft, daß sie manchmal sehr attraktiv wirkt. E[1] serviert ihm zwinkernd seinen nächsten Gin Tonic. Mir O-Saft. O-Saft! Ohne Campari. Ohne Wodka. Eh. Ohne gar nix. Keine Screwdriver mehr. Immerhin stammt der Orangensaft nicht von Hitchcock oder Valensina. Schon stolz darauf, daß ich immer noch nicht trinke! Noch zwei weitere Monate, und mein erstes komplettes Jahr ohne Alkohol: *voll.* Schon jetzt wären zehn volle, trockene Monate

---

1 Elli

11

ein guter Grund zum Feiern. Feiern ist jedoch nicht mein Hobby.

Hobby ist das Recherchieren. Menschenmengen und Geselligkeiten meide ich, wo immer es mithilfe sozial adäquater Ausreden vertretbar ist. Brauche geordnete Strukturen und klare, *vernünftige* Regeln. Spontanes Improvisieren mißlingt so oft. Darum helfen mir, im Voraus festgelegte Verfahren in meinem alltäglichen Leben ungemein. Ja! Wie ich die strikte Systematik der förmlichen ZPO[2], VwGO[3] und StPO[4] liebe!

Das Casino Baden-Baden ist meine große Ausnahme vom vorgenannten festen Grundsatz: halbdunkler Rückzugsort, so mitten unter halbseriösen Menschen, dabei dennoch halbprivates *Shangri-La*. Ohne nervtötende Erwartungshaltungen. Absolutes Abschalten. Zeitweiliges Untertauchen. Kurzweiliges, stilles Beobachten.

Bin nicht zum Spielen dort. Und nach

---

2 Zivilprozeßordnung
3 Verwaltungsgerichtsordnung
4 Strafprozeßordnung

meiner Läuterung[5] nicht mehr zum exzessiven Cocktailkonsum.

Mit noch zu entschuldigender läßlicher
Verspätung schreibe ich nachträglich am
zweiten November diesen Tagebucheintrag.
Schnell den Freitag abhandeln, nachdem
ich gestern gewissenhaft und tagesgetreu
zunächst den Samstag in die hellgrau-el-
fenbein, beinahe taxibeigen Tasten meines
Commodore PC20 getippt habe. Das erscheint mir immerhin eine halbwegs sinn-
volle Privatnutzung des professionellen
Computers. Werde mir morgen den Schneider
Vierundzwanzig-Nadeldrucker aus dem Son-
derangebot kaufen. Dann habe ich die kor-
rekte Ausrüstung vollständig und meinen
kompletten Text nicht mehr bloß unzweck-
mäßig hellgrün auf dunkelgrün auf dem
Bildschirm blinkend.

Außerdem werde ich die, dann endlich
ausgedruckten Seiten, gewissermaßen als
eigene Nachlieferung, so wie eben von der
langjährigen *Schönfelder*- und *Sartorius*-

---

5 Entziehung meiner Fahrerlaubnis (1985)

Routine gewohnt, bequem an die vorgesehenen Stellen meiner eigenen exklusiv-vertraulichen, natürlich nicht-amtlichen Loseblattsammlung einheften.

Vierzig Jahre! Mein bevorstehender runder Geburtstag treibt mich überaus erbarmungslos dazu an, alles intensiver zu reflektieren. Will die Tage nicht länger unaufhaltsam vorbeirauschen lassen. Deshalb: Diese Notizen notwendig!

Erstens für mich persönlich, als gnadenlos ehrliche Erinnerungsstütze;

zweitens, um meine grauen Gedanken etwas präziser und aufgeräumter zu denken, damit hoffentlich künftige Erkenntnisgewinne sauber strukturiert werden;

drittens, um meinem kläglichen Wortschatz nicht länger beim allmählichen Verstauben und Verkümmern zuhören zu müssen;

viertens, vor allem als buchstäbliche Vor- und Fingerübung, *l´art pour l´art*, um mich außerhalb meines alltäglichen spießig-trockenen Anwaltsdeutschs an das unjuristische freie Formulieren zu gewöhnen.

Denn ich habe die feste Absicht, jetzt endlich meinen langgehegten Traum in die Tat umzusetzen: Meinen Debütroman zu schreiben.

Seit ein paar Tagen hat sich der goldene Herbst aus dem Staub gemacht. Der auffrischende Wind zerstört, Morgen für Morgen, mit kräftigen Wirbeln den dichten rötlich-gelb-braunen Teppich, der in der Nacht von unsichtbarer Hand aus heruntergefallenen Ahornblättern in meiner kleinbürgerlichen Straße gewebt wurde. Zwanzig Grad werden es dieses Jahr eher nicht mehr. Soviel scheint ausgemachte Sache.

Ausgemacht ist auch, daß aus mir kein brillanter Poet mehr wird. Alle Wortkombinationen, die mir im Kopf noch interessant und geistreich erscheinen, lesen sich nach ihrem Umweg über Finger, Tastatur, Speicher, Grafikkarte und Bildschirm wortwörtlich nur noch schaurig und traurig. Das hindert mich nicht! Denn immerhin, in meinen Augen, und bei Licht betrachtet, übersteigt der literarische Wert von z.B. Ian Flemings Werk nur in sehr vereinzelten Passagen das Niveau des Trivialen. Seine ordentlich gefeierten Geheimagentengeschichten sind anscheinend nur wegen der arg reißerischen Bond-Filme weltberühmt.

Wie dem auch sei, auf dem Weg ins Casino schalte ich das Becker-Autoradio ein-, und in dem Moment - erschreckend, da die ersten Töne, die die Verse untermalen, in denen es um ein brennendes Herz, das tiefe Verlangen nach einem Start und dem Im-Träume-Leben geht, über meine akustischen Synapsen für die Hirnwindungen als Modern Talkings *You're My Heart, You're My Soul*[6] erkennbar erreichen, drehe ich augenblicklich und verstört den Regler weiter. Zu einem französischen Sender? Irrtiert, Richard Burtons grandiose Stimme im verrauschten Knistern zu erkennen, wie er im alten

---

6 Lyrics: Dieter Bohlen (1984)

BBC-Hörspiel Dylan Thomas' geniale *Under Milk Wood*-Lyrik rezitiert. Schon bricht der Radioempfang komplett weg. Was bleibt? Kein Hörgenuß, außer purer Nieselregen von oben, Fahrtwind an den Seitenscheiben und Motorgeräusch von vorne, blechern-kerniges Auspufftröten von hinten und leise wummerndes Reifenabrollen von unten.

Mit einer Prise Hunger und unmerklichem, noch nicht vernehmbarem Bauchgrummeln komme ich in der Werderstraße an und finde im Anstieg neben dem Luxushotel direkt einen freien Parkplatz. Unmittelbar hinter seinem roten Porsche. Oberhalb der kleinen Kurgartenläden und des noch nie besuchten Theaters. Also ahnungsvolle Stellplatzsorge unbegründet.

Heute, sprich vorgestern, pünktlich Mittagstisch bei Juna und Hani: Vorspeise ein apfeliger Chicoréesalat, ein mächtiger Bohnen-Kürbis-Fenchel-Laucheintopf als Hauptgang und zum Dessert ein orientalisch üppig gewürztes und überaus groß-

17

zügig geschnittenes Stück versunkener Apfel-Quitten-Kuchen mit dünn ausgerolltem Rührteig. Seit diesem deftigen Essen bis zu jenem Moment am Abend unfreiwillig gefastet. Zu viel Arbeit. Zu schleppend tätig. Zu nervös. Zu ungeschickt: meinen linken, anfänglich rein-weißen Hemdsärmel beim unachtsamen Hantieren besudelt mit der schwarzen Montblanc-Tinte.

Das alte Casino also. Es wird wohl ungefähr kurz vor Mitternacht gewesen sein. Die bekannte Bühne der Selbstdarsteller bereits seit Stunden eingehüllt in dichten Zigarettenqualm und trüben Zigarrennebel. Schwach durch gedämpfte Beleuchtung erhellt, alles eingerahmt von schweren, dunklen Vorhängen. Wir sitzen für diesen Drink beide an der Bar. Er zurückgelehnt an der niedrigen Rückenlehne; ich ermattet vorgebeugt, beide Ellenbogen auf dem glatten Holz der Theke abgestützt.

Genau wie sein modisch und moralisch fragwürdiges Vorbild Che Guevara, trägt Nepomuk, (am rechten Handgelenk) eine

Rolex GMT Master mit drehbarer rot-blauer *Pepsi*-Lünette zur separaten und gleichzeitigen Anzeige einer zweiten (und dritten?) Zeitzone. Obwohl N[7], meiner Kenntnis nach, nie in andere Zeitzonen fliegt. Und zu seinen, noch in der Sowjetunion lebenden entfernten Verwandten besteht nur mittelbar, vom Hörensagen über seinen Vater Dragan Kontakt. Direkte Ablesbarkeit! Bezweifle stark, daß N die Funktion überhaupt kennt, und falls ja, verstanden hat. Vermute eher, daß er einfach beim Juwelier, Champagner schlürfend, das, was vorrätig und höherpreisig war, einpacken ließ. Die, viel zu lässig um sein mickriges Handgelenk getragene Rolex rutscht ihm bei jedem Gestikulieren, wie unhandlich-unbequemes Modeschmuck-Gebamsel alternder Damen fast in die Mitte des dürren Unterarms. Dabei dreht sie sich außerdem oft mit der Zifferblattseite zur Handfläche, was ein blechernes Klappern des nicht massiven, simpel gefalteten,

---

7 Nepomuk

fünfreihigen Jubiléarmbands verursacht. Meine Lösung wäre: entweder die Bandlänge genauestens anpassen, oder die formal-ästhetisch häßlich-bunte und doch faszinierend schwarz-rot-blaue Stahluhr in die Oos werfen. Wild verkratzt ist sie ohnehin. Die einzige Rolex, die für mich je in Frage käme, ist die fast unscheinbar schüchtern-schlichte Explorer I. Die private Armbanduhr des Bond-Erfinders Ian Fleming, und damit wahrscheinlich die von James Bond, wäre auch meine Topwahl. Ohne protzig-auffällige Zyklopenlupe. Ohne Datum. Referenznummer 1016. Preis, laut Liste: DM 1.975.

Enthusiastisch resümiert N die gerade beendete Formel-Eins Saison: Das Ergebnis des letzten Rennens in Australien am 26. Oktober war mir bis dahin mangels Interesse total unbekannt: es gewann *le Professeur*, Alain Prost, in seinem Mc-Laren-TAG Porsche. Damit triumphierte er zum zweiten Mal als Weltmeister. Profitierend davon, daß sein Hauptgegner, Williams-

Honda-Pilot Nigel Mansell, im finalen Rennen ausschied. Der einzige Deutsche im Fahrerfeld, Christian Danner, musste erneut vorzeitig, irgendwann in der Mitte der Veranstaltung, sang- und klanglos aufgeben. So bleibt er noch weniger ruhmreich als der ebenfalls chronisch erfolglose einzige deutsche Rennstall von Zakspeed.

Mein erstes und bisher einmaliges Rennen live vor Ort war vor Monaten, Ende Juli, der Große Preis auf dem Hockenheimring. Erinnere mich vage, und nicht mehr an vieles vom Renngeschehen. Klar, der Doppelsieg der Brasilianer: Nelson Piquet vor Ayrton Senna. Der Rest verschwimmt zu einem schieren Wirrwarr der Sinneseindrücke. Zu einer kunterbunten Konfusion aus Lärm, Benzin-, Bremsstaub- und Gummigestank und rasant vorbeiblitzenden Bildern. Denn mein sprichwörtlich fotographisches Gedächtnis funktioniert nur bei stumpfsinnigen Fakten. Wir saßen am Anfang der Start- und Zielgeraden oben auf der Tribüne in der Südkurve mit Blick auf einen Teil des Innenfelds und den Wald. Wer, und warum in Führung liegend, wer gut, oder wer schlecht fuhr, erschloß sich mir nicht. Die überraschend kleinen - zugegeben, teils künstlerisch farbenfrohen - Autos mit ihren kreischenden Turbomotoren: für mein wenig ausgeprägtes Zuschauertalent jede Runde zu rasch vorbeigerauscht.

"Du hast doch bald Geburtstag?" Da waren es drei Tage. Jetzt, noch wenige Stunden, bis morgen, Montag, zu meinem einschüchternden, anstehenden Ehrentag. Nepomuk, ewiges Damoklesschwert und unberechenbare Zeitbombe, ist in gewisser Weise mein nicht offizielles Mündel- oder Quasi-Patenkind. Er versteht dickköpfig partout nicht, warum ich nicht richtig groß feiern will. "Das definitive Ende deiner Restjugend. Party!" Wäre es sein runder Geburtstag, hätte der Playboy so einige abwegige und vor allem frivole Ideen. Nach unziemlichen Unartigkeiten und sündig verbotenen Verderbtheiten steht mir nicht der schwermütige Sinn.

Grundsätzlich.

Für den anarchischen Bohémien N sind solch amüsante Eskapaden ausnahmslos reiner Alltag. Für mich hätte es die ungewollt prätentiöse Krönung eines banalen Jahrestags bedeutet. N, gerade erst zurück von einer abenteuerlichen zweiwöchigen Autotour in den Libanon, zusammen mit dem *Kolumbianer*, seinem besten Freund und zwielichtigen Schwager. Aufgeputscht, direkt wieder voller Tatendrang.

Nüchtern betrachtet, ist die Vierzig für mich eine kaum originelle Zahl. Nicht wie die Neununddreißig oder selbstverständlich die Zweiundvierzig. Und das Ganze nur ein Tag. Schlußendlich bestimmt ein langweiliger Tag. Wie jeder andere. Die Sonne wird, laienhaft unpräzise gesprochen, auf- und wieder untergehen. Die Erde wird sich routinemäßig weiterdrehen. Nicht um mich. (Vielleicht um N.) Und alles gleichermaßen gleichförmig, ja:

bedeutungslos ablaufen. Ohne, daß sich etwas gravierend ändern wird. Leider! (Bedauere ich das aufrichtig?)

Versuche alles äußerst rational zu überblicken und exakt zu analysieren. Natürlich kann das nicht gelingen. Denknotwendig. Denn der Beobachter ist immer Teil des zu beobachtenden Systems und wird dieses zwangsläufig von seinem Standpunkt aus in irgendeiner Form beeinflussen. Um das zu verstehen, braucht es weder die Katze vom Schrödinger, noch Wigners Freund, oder gar Kenntnisse der Luhmannschen Systemtheorie. Selbst meine These ausgeweitet bis ins Unendliche: der Beobachter des Beobachters des Beobachters usw. funktioniert es mit der Objektivität nicht. Oder vielleicht doch? Unter der Annahme einer antiken griechischen oder römischen Gottheit? Nicht als allwissender Schöpfergott gedacht. Sondern als nicht eingreifende, außenstehende Randgottheit, die sich belustigt am Schicksal der sich verzweifelt abstrampelnden Menschen ergötzt?

Trägt eine solche Betrachtung nicht unzweifelhaft immer mindestens den Hauch von Humor und Satire? Wie oft schon habe ich eine dieser Alltagssituationen erlebt: am Bahnsteig beäugt mehr oder weniger voyeuristisch ein wartender Herr, Typus grauer Verwaltungsbeamter, eine junge Studentin, die selbstvergessen in ihrem zerfledderten Taschenbuch liest. Der, die Studentin beobachtende Mann wiederum wird verstohlen von einer Frau mit Riesen-Samsonite ins Auge gefasst, und die weitläufige Szenerie als Gesamtheit von mir überblickt.

Oder, weg vom zugigen *(sic!)* Bahnsteig. Hinein, mitten ins samstagnachmittägliche Idyll des *Café König*: bei einem vollsahnigen Stück Schwarzwälder Kirschtorte auf der Terrasse sitzend sehe ich, wie die offenbar schöngeistige Witwe am Nebentisch weiter vorne den Bauarbeiter auf der anderen Straßenseite beobachtet, der selbst unverhohlen einer Passantin im

Chanelkostüm hinterherschaut und diese wiederum die Auslage eines Juwelierschaufensters inklusive der, dieses neu dekorierenden Verkäuferin begutachtet. Wenn dann Nummer Eins, die Witwe, oder Nummer Zwei, der Bauarbeiter mich bemerken, gibt es meist ein Schmunzeln der Eins oder ein peinlich ertapptes, unwilliges Wegschauen der Zwei.

Hallelujah! Welch ein schwacher Zeitvertreib! So viel wirres Zeug zu schreiben. Mutmaßlich können und sollen mir diese (jetzt noch) unausgegorenen Notizen tatsächlich helfen, mir noch bewußter zu werden. Indes, strenggenommen sollte nicht ich, sondern N Tagebuch schreiben. Mit seinen Erlebnissen. Mit seiner Phantasie. Ununterbrochen baut er Luftschlösser. Sucht etwa Gewinnsysteme im Roulette und will eselig unbeirrbar nicht verstehen, daß es bis in alle Ewigkeit ein unberechenbares Glücksspiel bleiben wird. Da hilft *selbstverständlich* keine Pseudo-Mathematik.

Es war in der Schule stets mein Lieblingsfach, sehr gerne wäre ich Mathematiker geworden. Folglich habe ich parallel zu Jura versucht, Mathematik zu studieren, allerdings im ersten Semester schon vieles nicht verstanden, was meine offenkundig begabteren Kommilitonen mit Leichtigkeit aufnehmen konnten. Demoralisierende Erfahrung. Im Verhältnis zwischen Schule und Studium liegen Welten, offenbar besonders in den Naturwissenschaften.

Deshalb beschränkte ich mich darauf, autodidaktisch die Fachliteratur zu mich interessierenden Gebieten, wie etwa zu meiner geliebten Stochastik eingehend zu durchforsten. Die Recherche begonnen mit einem zufällig aus den langen Regalreihen gezogenen Buch. Einzelnen Quellen aus den Fußnoten (und nicht Studentinnen - Jura, nicht Mathematik -) in der Unibibliothek nachgegangen. Ausgewählten Hinweisen aus dem Literaturverzeichnis gefolgt und mit dem nächsten Lehrbuch, das mir über diese Querverweise in die Hände fiel, das gleiche Spiel von vorne. Weiterhangeln, bis meine an sich absolut autistische Begeisterung für diese Beschäftigung nachließ.

Selbst für mich wird es, auch ohne jeden bangen Prüfungsdruck, irgendwann zu theoretisch und zu abstrakt. Auch, wenn ich *Z.D.F.* liebe. Zahlen, Daten, Fakten sind meine farblose innere Welt. Ich liebe Quadrate. Rechtecke gehen auch. Kreise mag ich weniger. Ein reines Rund mag ich nur deshalb, weil es auch eine geometrische Grundform darstellt. N steht für Abenteuer, Tamtam, wenig zurückhaltenden Urwald, Chaos. Dschungel. Zufällig-wirre Linien. Möglicherweise sind britisch-indische Paisleymuster Ns zweidimensionale Entsprechung? Wenngleich auch bei diesen, spätestens auf den geübten Zweitblick, beruhigend-wiederholende Regelmäßigkeiten erkennbar sind.

Ganz im Widerspruch dazu steht meine Vorliebe für dunkle Detektiv- und Geheimagentenromane wie *Der Malteser Falke* von Dashiell Hammett und *Der Spion, der aus der Kälte kam* von John le Carré. Oder, um bei der harten Realität zu bleiben: die Bücher von Peter Scholl-Latour wie *Der Tod im Reisfeld. Dreißig Jahre Krieg in Indochina* und ganz aktuell: *Mord am großen Fluß. Ein Vierteljahrhundert afrikanische Unabhängigkeit* faszinieren mich unglaublich und lassen mich aus sicherer Lesedistanz angenehm wohlig erschaudern. Minutenlange Gänsehaut inklusive. Reale Konflikt-, Kriegs- und Antiterrorpolitik füllt meine empfundene innere Lücke, die die Aufgabe der theoretischen Mathematik hinterließ.

Ach, wie gerne wäre ich einer dieser kaltschnäuzigen verdeckten Ermittler, etwa im Umfeld der Untergrund-Baader-Meinhof-Bande. Vielleicht hätte ich ja diesen Sommer eines der beiden schrecklichen Sprengstoffattentate oder die fürchterlich kaltblütige Erschießung in Bonn[8] verhindern können. Völlig utopisch bei

---

8 Opfer Gerold von Braunmühl (Auswärtiges Amt). Am 10.10.1986 erschossen durch das *Kommando Ingrid Schubert.*

meinem ständig erschrockenen Hasenherz.

Oder als todesmutiger Fotojournalist und sensationell nervenstarker Kriegsberichterstatter? Zum Beispiel im Iran-Irak-Krieg. Gerade jetzt. Von der Apokalypse berichten. Vielleicht in einem anderen, *besseren* Abenteurer-Leben ...

Zurück zu meinem literarischen Versuch: Wenn N wüßte, daß sein Charakter die Inspiration für meine Romanhauptfigur ist! Kurz gesagt, geht es um einen, sehr, sehr einfach gestrickten, fast dümmlichen, jungen Mann aus der sogenannten DDR, der über Berlin in den Westen geflohen und über Umwege in der Schweiz gelandet ist. Natürlich ist der echte N nicht dumm. Nur faul. Geistig und körperlich. Der Rest ist meine dichterische Freiheit.

Am vornehmen Ufer des Genfer Sees findet der Protagonist mangels Bildung keine *anständige* Arbeit. Nur simple Hilfsarbeiter- und stumpfsinnige Handlangertätigkeiten, die ihm, seinem Hybris-Selbstverständnis gemäß, nicht behagen. Nachdem er in den Nachrichten von einem gelungenen Coup gehört hat, sein kühner Entschluß: sich selbst als Einbrecher zu betätigen.

Wie es eine launig-launische göttliche Fügung will - zur Erklärung fehlt mir noch eine plausible Idee - reist er bei jedem seiner untauglichen oder dilettantischen Einbruchsversuche auf der Zeitachse zurück in die Vergangenheit: In dem Moment, in dem er in das anvisierte Haus durch Fenster oder Tür einsteigt, landet er exakt zu dem Zeitpunkt im Inneren, an dem dort die Aufrichte, das Richtfest stattfindet. Die Eigentümer und geladenen Gäste halten ihn für einen Handwerker und die Handwerker für einen geladenen Gast.

Auf diese Weise reist er in jedes Jahrhundert von Fünfzehnhundert bis heute. Jedes Mal hat er Gelegenheit, sich mit gebildeten gutmütigen Menschen zu unterhalten. So versteht er, nach und nach, zunächst langsam, beginnend mit einfachen mathematischen Formeln, mit geweckter Wißbegierde parabolisch ansteigend, oder eher fibonaccispiralenhaft rasanter, schließlich hochkomplexe Theorien. Zurück im Jetzt, beginnt er selbst zu forschen und eigene Bücher zu schreiben.

Nicht zu vergessen: der Verführer-Held genießt *natürlich* während jeder Zeitreise mindestens (!) eine Affäre: mal mit den niederen Dienstmädchen, mal mit den höheren Töchtern oder den vornehmen Hausherrinnen des jeweiligen Bauvorhabens.

Es endet, daß der Protagonist vergiftet wird von einer unglücklichen, verschmähten Geliebten, die ihm in der Zeit nachgereist ist. Wohin? Auf das Festbankett zu seinen Ehren. Denn aufgrund seiner bahnbrechenden und hochkarätigen wissenschaftlichen Veröffentlichungen wird der tragische Held in der Zukunft den, dann zum allerersten Mal verliehenen Nobelpreis für Mathematik gewinnen.

Im Jahr Zwanzigzwanzig.

Kapitel 2

Samstag, 1. November 86
Allerheiligen

Ausgeschlafen bis fast halb acht. Zwar ist heute kein normaler Samstag, bin dennoch überkorrekt, genau wie jedes zweite Wochenende, statt zum Angeln, gegen neun Uhr ins Büro gefahren, um bis ungefähr eins meine Statistiken für die vergangene Woche anzufertigen und die jeweils neuesten Ausgaben der NJW[9] und *Versicherungsrecht* gezielt nach relevanten Informationen abzusuchen und den weitaus größeren, weniger interessanten Rest zu überfliegen.

SWF3 spielt, so schön passend, von dem von manchen zurecht für genial gehaltenen, von vielen völlig unterschätzten Schweizer Elektropionier-Duo Yello den

---

9 Neue Juristische Wochenschrift

Song *Bostich (N'Est-Ce Pas)*[10]. Ein einziges *rush* und *push*. *Tag für Tag die Maschine am Laufen halten.* Auch samstags.

Heute morgen mit bestimmt um die zehn, zwölf Grad angenehm mild. Hat aber für die Dauer der Fahrt in die Kanzlei heftig geregnet. Und wird, so bedeckt und dunkelgrau wie der tief niedergedrückte Himmel aussieht, freilich noch zumindest ein weiteres mal, ausgiebiger und anhaltender regnen.

Die bedeutenden Dichter Schiller, Lessing und Goethe leihen den architektonisch reichlich prosaischen Straßen hier ihre Namen. Postjahrhundertwende-Altbauten mit vier oder fünf Etagen, genutzt als Mehrfamilien- und Bürohäuser, oft mit dahinterliegenden, begrünten Innenhöfen, rechtfertigen ihre großen Namen nur teilweise. Solche Anschriften sollten den wirklich besten Lagen einer Stadt vorbehalten bleiben. Und nicht einem durch-

---

10 Lyrics: Boris Blank, Dieter Meier (1980). Dieter Meier: grandios avantgardistischer Künstler und vermeintliches David-Niven-Stunt-Double

mischten Viertel.

Zum Mittagessen bleibe ich, auch am Wochenende, in der Weststadt. Mich zieht es nicht, wie so viele Normalbürger werktags, Richtung Schloßplatz. Bei Hani, *dem Glücklichen*, dem französischen Koch mit algerischen Wurzeln und seiner bretonischen Frau Juna, *der Blühenden*, die vormittags die Desserts zubereitet und ohne aufgesetzte, falsche Freundlichkeit ungezwungen die Mahlzeiten serviert. Die Vorspeise ausgelassen. Dafür eines der traditionellen, deutschen Gerichte, die von Hani stets handwerklich ehrlich, und nur unwesentlich schärfer als bei der idealtypischen badischen Hausfrau üblich gewürzt werden, ausgewählt: chililastige Wirsing-Kohlrouladen im Rotweinsud, angerichtet mit sahnigem Püree mit diesen kleinen feinen Kartoffelstückchen, die ich so mag. Zum Dessert eine zimtig duftende Blätterteigschnitte Apfelstrudel. Mir sowohl Sahne, als auch Vanilleeis genehmigt. Ausnahmsweise.

Bleibe, beunruhigt wegen der schlechten Wetterprognose, nach den vierzig Minuten Mittagspause lieber noch länger in der Kanzlei. Genieße, die ruhige Büroetage ganz für mich alleine zu haben. Fast. Ein weiteres Lebewesen hat sich Zutritt verschafft zu meinem Arbeitszimmer. Über das gekippte Fenster. Vor dem Regen geflohen. Angelockt von der stüffig warmen Heizungsluft. Ein kleinkörpriges Spinnchen mit langen dünnen Beinchen. Vorbei an der Schreibtischleuchte, über den Stapel der, auf Frist gelegten Handakten. So neigt sich die Frist ihres Daseins deshalb ihrem Ende entgegen. Keine Verlängerung zu gewähren. In der roten Umlaufmappe, zwischen zwei Seiten eines Artikels zur im Verkehr eigenüblichen Sorgfaltspflicht. Ebendiese hat sie nicht beachtet, als sie fahrlässig meinen Weg kreuzte. Der nächste Leser (Kanzleisenior) wird sich über den handlich-kleinen, schwarzen Fleck freuen. Das ist die absichtlich-unabsichtliche

Retourkutsche an den Verursacher der
weißpudrigen Pulverrückstände, die mir
während des letzen Pflichtverteidigungs-
termins im Gerichtssaal aus meinem Schön-
ke/Schröder[11] leise auf meine Robe rie-
selten. Der im Prozeß leider nicht um-
fassend reumütig geständige, ehemals rau-
ferisch Bierkrug-schlagende Trunkenbold
bekam mehr als die von mir für ihn
plädierte *milde Strafe*. Sogar der junge
Sitzungsvertreter der StA[12] wurde über-
trumpft[13]. Also am Ende alle unzufrieden.

Jedenfalls will der Senior mich schon
seit Wochen überzeugen, daß ich mich beim
Landesjagdverband anmelde. Indessen, den
Jagdschein werde ich nach den Erlebnissen
als Gast auf der letzten Treibjagd wohl
eher nicht mehr anstreben. Es ist schon
ein qualitativer Unterschied, eine kleine
frischgeangelte Forelle auszunehmen oder
eine glorreich erlegte, fette Wildsau mal

---

11 Gesetzeskommentar zum StGB (Strafgesetzbuch)
12 Staatsanwaltschaft
13 Das Gericht verhängt eine schärfere als die
   beantragte Strafe. Der Staatsanwalt wird deshalb
   seinen Kollegen eine Runde spendieren müssen.

eben zu diesem Zwecke aufzuschlitzen.

Zuhause: Wäsche gewaschen, Teller und Gläser gründlich säuberlich gespült, einen, inzwischen historisch und faktisch überholten Spiegel-Artikel zur Operation *Urgent Fury*, der US-Invasion '83 in Grenada wieder entdeckt, meine kümmerlichen Liegestütz absolviert (enttäuschende Kondition!) und jetzt ein paar Gedanken zu meinem Beinahe-Juristenkollegen N, der wahrscheinlich noch schlafend, oder gerade erst, wo auch immer, eingeschlafen ist, als Fingerübung sorgfältig und präzise zu Papier bringen.

Exakt in dem Moment ruft er an. N also doch schon wach. Er habe Freikarten von einem ehemaligen Trierer Stürmer[14], der jetzt für Kaiserslautern spiele und dessen Vater den seinen kenne, für das Spiel der Lauterer heute Abend um sechs. Wußte gar nicht, daß auf Allerheiligen Sportveranstaltungen stattfinden dürfen. Komme

---

14 Harald Kohr

doch sicher *spontan* und auf der Stelle mit, *n´est-ce pas?*

Später am Abend, nach der Tagesschau: Der KSC ist immer noch in der zweiten Liga. Zu den Schwaben vom VfB Stuttgart würde ich als braver Bade sowieso nicht fahren. Und zu Waldhof Mannheim und dem FC Homburg, den Vereinen in der weiteren Umgebung habe ich null Bezug. Kann mit dem kleinkarierten Fußball nicht *nichts*, aber doch sehr wenig anfangen. Mit den unvermeidlichen Klischee-Kuttenfans in den Stadionkurven noch weniger. Und am allerwenigsten mit den Besuchern der Ehrentribüne, für die der Anlaß absolut gleichgültig ist. Die könnten ersatzweise genauso gut einem öden Promenadenkonzert vor dem Kurhaus beiwohnen.

Von allen Protagonisten in diesem Zirkus finde ich jedoch die des FC Bayern München am unsympathischsten. Folglich ist meine Schadenfreude (für mein Naturell) groß, wenn es mal eine der wenigen

Niederlagen setzt. So wie heute. Haben die Bayern als amtierender Meister der letzten beiden Jahre doch tatsächlich im Heimspiel null zu drei gegen Bayer Leverkusen verloren. Okay, die sonst so biedere Werkself ist nun auch punktgleicher Tabellenführer. Bum Kun Cha hat kein Tor erzielt. Nicht, wie vorab von N prognostiziert. Falko Götz wurde im Radio als Torschütze gemeldet. Tja. Und der FCK gewinnt mit fünf Toren eines vollstreckergleichen Hartmann gegen die Schalker fünf zu eins.

Zurück zu N. Standesgemäß und unverzagt hatte er nach seinem Abitur ein Jurastudium begonnen. Auch, weil der NC[15] an den *akzeptablen* Fakultäten Heidelberg, Tübingen und München, sowohl für Human- und Zahnmedizin, als auch für Pharmazie außerhalb jeder Reichweite lag. Selbst ein einjähriger Auslandsaufenthalt hätte seine Lage nicht wesentlich verbessert. Eine freiwillige, längere Verpflichtung

---

15 Numerus Clausus

bei der *Wehrmacht*, wie sein Vater D[16], die Bundeswehr immer noch ganz ernsthaft und ohne jede Ironie nennt (und in diesem Punkt keine Berichtigung zuläßt), kam nie in Frage. Aufgrund von Verweichlichungsgründen.

Jedenfalls Jura. Dann, sehr bald, es wird wohl bereits in der dritten oder vierten Vorlesungswoche gewesen sein, nach exzessiven Feiern und den ersten absehbaren Desastern in den Anfängertests vor den Klausuren, der Moment, daß die deprimierende Einsicht siegte.

Zum nächsten Semester erfolgte der Wechsel, treffender der Abstieg, von der Jurisprudenz in das wesentlich seichtere Politikfach auf Magister. Irgendwann ist, nicht ganz unerwartet, auch das, noch weniger geräuschvoll, im Sande verlaufen: Nach drei Semestern Politik ohne vorweisbare Resultate zogen die ehemals Erziehungsberechtigten die Notbremse: der schwererziehbare *Peter Pan* bekam kein un-

---

16 Dragan

terstützendes Geld mehr nach München überwiesen.

Ns phlegmatische Antriebs- und Ehr-(geiz)losigkeit was die ernsthaft ernstzunehmenden Lebensbereiche angeht, geht über das, für überbehütet aufgewachsene, streng gläubig erzogene Oberschichtkinder üblicherweise anzunehmende Normmaß deutlich hinaus. Hinzu gesellt sich ein eigensinniger, durchaus narzißtischer Charakter.

Für größere Irritationen sorgen können Ns, zugegeben seltenen, dann aber aus scheinbar heiterem Himmel auftretenden, und für die Leidtragenden unerwarteten, unerwartet heftigen Wutausbrüche. Diese Touretteattacken garnieren als krönendes Topping sein zu jeder Zeit ambivalentes Verhalten.

Dennoch, oder gerade wegen seiner verlottert-lockeren Art, kommt er mehr als *gut* und spielend leicht durchs Leben. N betitelte mich im unmittelbaren Gegenzug zu meiner FCK-Spielabsage als "unspontanen, todspießigen Langweiler, bei dem alles kompliziert Wochen im voraus minutiös geplant werden" müsse - was, *mea culpa*, in Ansätzen auch stimmen mag. Notiere seine begleitenden Gossenschimpfworte besser nicht. Bei Licht betrachtet, ist N schon immer ein *schräger Typ*, ein Charakterkopf *sui generis*.

Seit der Pubertät mit leichtem Bauchansatz gesegnet, dazu auch erste Anzeichen dieser Verfettung im ovalrunden Gesicht. Trotz, oder gerade wegen dieses, durchaus an sehr durchschnittliche Normalwert-Häßlichkeit grenzenden Äußeren, pflegt N eine, vermutlich die eigene Unsicherheit überspielende, arrogante Eitelkeit in seinem sorglosen Stil und Auftreten.

Es ist nicht offensichtlich, doch die permanent im Nacken etwas zu langen, um noch als wirklich gepflegt durchgehen zu können, leicht über die Ohren gelockten, braunen Haare läßt er sich dreiwöchentlich freitags beim italienischen Barbier

in Lichtental nachschneiden. Auf eben
diese Che-Guevara-Länge. Zum Glück benötige ich keinen Friseur. Fremde Hände
an meinem Kopf sind mir ein Graus. Die
dünn gewordenen Resthaare trimme ich
sorgfältig mit meinem Braun-Rasierer auf
Millimeterkürze. Zu erkennen ist Ns Fri-
seurbesuch weniger an einer kaum verän-
derten Haarlänge, als vielmehr daran, daß
sein leider nur spärlicher, lückenhaft
dünner Bart wieder von einem Dreiwochen-
auf einen Fünftagesbart hinunter gestutzt
worden ist. So neu geschoren, saß er mir
gestern in der Ablenkungsmaschinerie Casino gegenüber.

Jeweils rein optisch und isoliert nur
ihre Haare betrachtet, würde die fröhli-
che Barkeeperin E mit ihren vielen kleinen, kastanien- bis fuchsroten Locken zusammen mit N ein *schönes Paar* abgeben.
Nichtsdestotrotz ist es das auch bereits
wieder mit Ähnlich- und Gemeinsamkeiten
der beiden. Abgesehen, von den Pfunden,
an denen er um seinen Bauch zu schwer zu

tragen hat, und mit denen der liebe Gott E wohlmeinend, fast nur in ihrem Brustbereich großzügig ausgestattet hat. Für Ns Geschmack zu üppig. Und sonst? Einerseits trennen die beiden allabendlich nur die wenigen Zentimeter des Tresens (und vielleicht zeitweilig weniger) andererseits wahrscheinlich wahrhaftig Welten oder gar Universen, aufgrund von andersartiger Herkunft, abweichenden Interessen und sowohl finanziellen, als auch geistig ungenutzten Potentialen.

Die, in seinen Augen untragbare Last des spielbankverbindlichen Jacketts darf N umfahren, je nachdem, wer den Einlaß befehligt. Sein obligatorisches, reichlich zu weit geschnittenes *khaki* Sechzigerjahre-US-Armee-Feldhemd mit Schulterklappen, aufgemaltem Edding-Peacezeichen und *FC St. Pauli*-Aufnähern trägt er komplett aufgeknöpft über einem schlichten weißen Anzughemd. Das wird wohl formal als Sportsakko-Äquivalent von der Spielbankaufsicht qualifiziert und dank

Ns Wochentags-Umsätzen toleriert. Eine extensive Auslegung der, an sich schönen, konservativ-strengen und jahrhundertealten Vorschrift.

Anderen ähnlich jämmerlichen Körpern schenkt ein guter Anzug Form, Halt und Würde. N würde darin verkleidet aussehen. Ebenso (und doch anders) wie die, in seinen Augen, armen Sparkässler, die, *ach!* so bürgerlichen Bausparkassenvertreter und die bedauernswert spießigen Porsche-Neuwagenverkäufer. Während diese in ihre zumeist billigen Anzüge von der Stange erst hineinwachsen und sie mit Leben erfüllen müssen und dabei an dieser Gesellenprüfung allzu gerne scheitern, ohne es jemals selbst zu registrieren, ist, zugegeben, jener N bereits meisterhaft über dieses banale Amateurstadium hinausgewachsen. Oder hat es einfach komplett übersprungen. Mit Grandezza.

In diesem Leben.

Kapitel 3

Sonntag, 2. November 86

Heute ist mein letzter Tag.

Als Neununddreißigjähriger. Eingehend die beklemmenden Hintergrundinformationen aus der städtischen (KA[17]) Bibliothek zum frustrierenden Nordirlandkonflikt gelesen. Danach den fälligen Tagebucheintrag für gestern zu Ende gebracht.

Zum Frühstück Vollmilchschokolade-Eszet-Schnitten auf Weizenbuttertoast. Die beiden Fünf-Minuten-Löffeleier sind ärgerlicherweise, trotz penibler Kochzeit-Überwachung mit meiner Handaufzug-Omega Speedmaster, etwas zu wabbelig geraten.

Noch ärgerlicher: Eben rief N an. Da ich gestern schon feige gekniffen hätte, solle ich zu einer Vernissage mitkommen, 'rüber nach Frankreich.

---

17 Karlsruhe

Irgendwo auf einer umgebauten *écurie* würde eine seiner zahlreichen Gespielinnen aus dem alternativen Milieu Skulpturen aus alten Metallteilen von verunfallten Autokarosserien und zersägten, hölzernen Musikinstrumenten ausstellen.

Kann das Rolex-Armband-Geklimper sogar noch durchs Telefon hören. N läßt nicht so locker wie dieses Armband - noch nach in seinen Überredungsversuchen: Kunstwerkstatt. Elsaß. Häppchen. Schnittchen. Püppchen. Sogar durch die Telefonleitung ist das billige Bimmeln und Klimpern des Rolexbands zu vernehmen. Mich nervt bereits das Zusehen, und jetzt mehr noch das Zuhören! Wenigstens wird wohl niemand (nüchtern sober) versuchen, den verstörend zerstörten Musikinstrumenten Töne zu entlocken?!

Warum bloß auf einem ehemaligen Pferdehof?! Spüre seitlich rechts an der Schläfe den leisen Anflug einer typischen Wochenendmigräne. Bleibe heute am liebsten für mich. Seit ich nicht mehr gewohnheitsmäßig saufe, plagen mich in den letzten Monaten mehr Kopfschmerzen als in den ganzen Jahren zuvor. Warum nur? "Viel Spaß!" N möge ohne mich losziehen.

Für N, damals nach seinen abgebrochenen Studien, zurück in der badischen Heimat, ging es direkt ins Krankenhaus. In die Klinik, in der sein Vater D Oberarzt war und heute stellvertretender Leiter der Psychiatrie ist. Unter dieser strenggütigen Aufsicht und dem zielstrebigen väterlichen Schutz gelang die, durch und durch fade Lehrstelle in der Verwaltung als Personalsachbearbeiter. *Summum bonum, totum bonum.* Ende gut, alles gut?

Wäre an seiner Stelle froh gewesen. Doch es war schon zum Start abzusehen, daß jemand wie N mit dieser drögen Tätigkeit nicht ausgelastet sein würde, nicht zufrieden sein kann. Für ihn soll Leben mehr sein als nervige Arbeit und kühle Vernunft. Welch ein Glück! Ns Ausbildung begleitete ein angenehmer Nebeneffekt: der unmittelbare *Zugriff* auf meist naiv willige Bewerberinnen.

Dazu, warum auch immer, ein kostenfrei gewährter Wohnheimplatz im Schwesternwohnheim auf dem Krankenhausgelände. Praktischer Inklusivvorteil: Weiter-im-warm-zerwühlten-Bett-liegen-Können bis fünf Minuten vor Arbeitsbeginn um sieben Uhr dreißig. Ohne umständliche Anfahrt. Immerhin neunzig Minuten länger als der Frühschichtbeginn der jungen Lehrmädchen und erfahrenen Krankenschwestern. Feierabend um sechzehn Uhr. Spätestens um Viertel nach vier. Rundum das "geeignete" Umfeld für diesen nihilistischen Existentialisten in ständig leicht-mittelschwerer Lebens- und Sinnkrise.

Legendäre Parties, Alkohol, Kiffen. Roter Libanese? Und ganz sicher extravagantere Amüsements. Härteres Zeug? Macht sein Schwager, der Tony-Montana-Kolumbianer schier alles möglich? Pur und rein vom Cali- oder Medellín-Kartell?

Passend dazu, eben in reduzierter Lautstärke die fünf Jahre alte, aber immer noch zeitlos klingende Depeche Mode-Scheibe *Just Can't Get Enough*[18] mit ihrem kommerziell eingängigen Refrain aufgelegt. Der Song erscheint in seiner heiteren Gutlaunigkeit wie aus einer anderen Zeit, im Vergleich zu den aktuellen Werken der großartigsten aller Synthiebands!

Zu mildes Wetter. Würde gerne die B500 Schwarzwaldhochstraße Richtung Mummelsee fahren und alleine im Wald spazieren. Störende Kopfschmerzen und Hunger halten mich niedergeschlagen von diesem Plan ab.

Kohlrabbi (*sic!*) in der Küche, Reste vom Braten, und geräucherter Schinken, angebrochene Packung Spaghetti, eine Konservendose Champignons, ein Glas Gurken, noch zwei Eier aus der letzten Zehnerpackung, und natürlich: drei, vier alte, rote Zwiebeln und etwas Knoblauch. So der Rundblick durch meine enge, schwarz/weiß schachbrettartig gefliese Küche. Sollte wieder einkaufen.

Zuvor bereite ich mir aus den Brot-

---

18 Lyrics: Vince Clark, Martin Gore (1981)

und Goudaresten ein paar überbackene Schinkenbrote im Ofen. Hätte, für sich genommen, auf jede dieser Einzelzutaten keine Lust, alle zusammen und in dieser Kombination, sind sie aber absolut unwiderstehlich. Und immer eine angenehm willkommene Kindheitserinnerung an wöchentliche Kegelnachmittage mit meiner Oma und ihren Bekannten in dieser urigen gutbürgerlichen Gaststätte, in der es regelmäßig um achtzehn Uhr für mich Toast Hawaii gab. Die Ananas habe ich nie verstanden und nie so richtig gemocht. Aber der Käse! Obendrauf, der sich noch mit der Gabel ewig langziehen lassende geschmolzene Käse, der dort, wo er über die Enden des Brots hinausgelaufen, superknusprig braun gebacken war. *Wahnsinn*!

Kegeln war für mich immer Glücksspiel. Unberechenbar, egal, was ich versuchte. War schlechter als alle alten Damen. Sogar als die halbblinden. Irgendwann war meine Großmutter nicht nur alt, sondern uralt, und ihre Knie haben nicht mehr mitgespielt. Deswegen ich auch nicht mehr beim Kegelnachmittag. Ende des Toast Hawaii.

Gefühlt wenig später, aber wenn ich genauer nachdenke, liegen einige Jahre dazwischen, lernte ich über D auch N kennen. Es wird vor zwanzig Jahren gewesen sein. Kenne also mein halbes Leben die Familie.

Der große Preis von Baden-Baden. Das Galopprennen nach meinem Abitur. Ein letztes Mal vor dem Studium bei feuchtem Wetter die Atmosphäre der Rennbahn während der Großen Woche Anfang September aufsaugen. Das Schaulaufen der Eitlen, der Parvenüs und des alten Geldes mit kritischer innerer Distanz begutachten. Das Ergebnis des Rennens:

Attila vor *Kronzeuge* und *Goldbube*.

Verhindern kann ich das ausschweifende Trinken und Spielen des Goldbuben nicht. Dann bin ich wenigstens von Zeit zu Zeit dabei und achte als Kronzeuge darauf, daß es nicht allzu wild wird. Der besorgte

Vater ist den beiden Ablenkungen Alkohol und Glücksspiel nicht abgeneigt. Er folgt ihnen sogar von Zeit zu Zeit. Allerdings ohne jede Leidenschaft. Und legt dabei nie sein Höchstmaß an disziplinierter, starker Selbstbeherrschtheit ab. Eben jene essentielle Eigenschaft in ihrer außergewöhnlichen *Hunnenkönig-Attila*-Ausprägung fehlt unglücklicherweise dessen mißratenem *Goldbuben*.

Wer lebt glücklicher? Der streng-orthodoxe D stellt in seinem Arbeitseifer und seiner gleichzeitigen Genügsamkeit ein leuchtend mustergültiges Ikonenvorbild dar - und jeden hanseatisch eifrigen Protestanten in den Schatten. Kein abgehobener Prunk, kein zur Schau gestellter Reichtum. Eine bequeme Eigentumswohnung in der ersten Etage, in der Nähe der Lichtentaler Allee mit Blick auf die immergrüne Gönneranlage.

Getreu seinem biblischen Lebensmotto, daß Erkenntnis und weise Worte kostbarer

als alles Gold seien.[19]

---

19 Sprüche 20, 15 (vgl. Bibel)

Kapitel 4

KA, Mittwoch, 5. November 86

Seit Montag bin ich vierzig.

Mit Sandra heute etwas länger telefoniert. Große Distanz. Melancholie. Bis sie zurück sein wird, dauert es noch gut sechs lange Wochen. Dann endlich. Kurz vor Weihnachten ... Höchste Zeit, denn so langsam wirkt selbst die kleine Bürovorsteherin auf mich attraktiv. Wie werde ich bloß die traditonelle Kanzlei-Weihnachtsfeier am 12.12. unbeschadet überleben?

Ivy rief auch an. Zu meiner unerwartet großen Freude. Sollen sie "unbedingt ganz bald" in Oberkorn besuchen. "Mal wieder uns treffen." Sage, S[20] in Memphis; besser erst im neuen Jahr. Es ist beinahe ausgeschlossen, nicht von Ivys lebensbe-

---

20 Sandra

jahender Energie überwältigt zu werden.

Und von N. Er will am Wochenende ins Casino. Überraschung! Samstag wäre mir noch am ehesten recht. Eigentlich keine Lust. "Nicht schon wieder!" Mal schauen.

Unentschlossenheit. Könnte gleichwohl gut für meine Story werden. Sollte es als routinemäßige Pflichterfüllung meiner Recherchearbeit ansehen und mich opfern. Für die Kunst. Für meinen Zeitreiseroman.

Im Büro die ganze Woche über normales Arbeitspensum. Am Montag zum krampfigen kanzlei-internen Mittags-Pflicht-Umtrunk ein kleines Kistchen Taittinger spendiert und Garnelen-, Lachs-, Olivencreme-schnittchen. *Amuse-gueules* und *Canapés* von Juna und Hani gebracht. *Hors d'oeuvres froids et chauds* aufzufahren, gilt als Mindeststandard hier. *Man* möchte nicht hinterwäldlerisch erscheinen. Kulinarisch mag ich herzhafte Speisen um einiges lieber. So wie das heutige Mittagsmenü: Gemischtes Rinder-, Schweine- und ein paar Stücke Wildschwein-Gulasch mit

Preiselbeeren und Zwiebeln, als Beilage deftige Rosmarin-Knödel. Hinterher vanilliger Käsekuchen. Locker und mit spürbarer, fein ausbalancierter Säure. Perfekt. Bei meinen Versuchen, diesen simpel aussehenden Kuchen nachzubacken, ist er mir ein paarmal unschön zusammengefallen. Es sind die einfachen Gerichte, die mir mehr bedeuten als alles an teurer weltmännischer Feinkost. Darauf jetzt Appetit: ein rustikales, marmoriert durchwachsenes Schweinenackenkotelett: mit reichlichen Grillaromen angebraten, dazu geröstete Zwiebeln und Knoblauch. Etwas Butter. Fertig.

Sollte vermutlich vorsichtshalber keinen Krimi mit mathematisch-wissenschaftlichem Anspruch verfassen, sondern ein Schwarzwald-Kochbuch. Vorzugsweise eine Auslese der besten Rezepte von Juna und Hani. Die Arbeit am Roman geht geradezu zäh voran. Meine Artikulations-Schmerzen sind annähernd körperlich. Zwinge mein arg geplagtes Gehirn, zu denken, doch mir fehlt die Phantasie, um die Handlung mit Elan voranzutreiben. Und vor allem, um zunächst einen passenden Einstieg in das pralle Geschehen zu basteln.

Habe deshalb gestern - analog, wie vor Tagen mit Kapitel 2 meines Tagebuchs - dort direkt mit Kapitel zwei begonnen: N, der im Buch Nikolaus heißen wird, erhält seine erste Lektion in Stochastik.

Wäre gerne nachmittags noch in die Stadt gegangen, um Depeche Mode-Schallplatten zu kaufen. Tatsächlich keine Gelegenheit, vor dem Geschäftsschluß die Kanzlei zeitiger zu verlassen.

Nutze nun die aktuell ruhige Phase im Büro, um mit dem Meisterstück (wie kommt man mit Firmensitz in Hamburg bloß auf den Markennamen Montblanc?) von Hand diese Sätze in meinem handlichen Moleskine zu notieren. Für Fremde (und leider auch zu oft für mich) dank meiner krakeligen Schreibweise und diverser eigenwilliger Abkürzungen eher nicht entzifferbar. Meine leidige Handschrift hat mir schon im

Abitur, im Studium, vor allem während der Auslandssemester in Lausanne, und schlußendlich in den Examen, den ein oder anderen Punkt gekostet. *Unleserlich!*

Bin D sehr dankbar. Kraft Ns Vater dann doch noch, mit unterdurchschnittlichen Staatsexamina (schiebe die Noten alleine auf meine zerstörte Schrift) und einigen ergebnislosen Bewerbungen in Hamburg, Köln, München und Frankfurt in dieser überregional unbekannten, jedoch wenigstens lokal mittelmäßig renommierten Rechtsanwaltskanzlei wieder in der Heimat, immerhin in der Stadt des BVerfG[21] und BGH[22] gelandet. D muß, so glaube ich, mehr als bloß *ein gutes Wort* für mich eingelegt haben, daß die konservativen Herren mir, zunächst auf Bewährung, das zuletzt unbesetzte, unterentwickelte und so schön erholsam engstirnige Versicherungsrechtsdezernat anvertrauten. Sie werden es bis heute nicht bereut haben.

---

21 Bundesverfassungsgericht
22 Bundesgerichtshof

(Trotz meines Makels der späten *Schande* meiner Station im Referendariat bei einem späteren kalt-schnäuzig-skrupellosen RAF-Verteidiger.) Jedenfalls; die pedantischen alten Gründungspartner hier sind am OLG[23] zugelassen und allzeit übermächtig aktiv. Keiner im Ruhestand. Mit meinen jetzt vierzig Jahren bin ich immer noch der jüngste angestellte Anwalt im Haus. Partnerschaft nicht in Sicht. Aber wer weiß?

Verträglich zu meiner Stimmung dudelt der kleine Telefunken-Weltempfänger hinter mir auf dem hohen, schwarzen Metall-aktenschrank, einer nüchternen Designikone des Schweizer Herstellers USM Haller, leise Boney Ms *Daddy Cool*. Gleich halb elf. Fahre jetzt nach Hause. Dort eventuell noch, auf die Schnelle, an der weiteren Gliederung der Kapitel und dem, noch nicht vorhandenen Spannungsbogen meines bislang enttäuschenden Zeitreisebuchs arbeiten.

---

23 Oberlandesgericht

Schriftstellerei. Hobbyautor. Was für
eine *Schnapsidee.*

Kapitel 5

Sonntag, 9. November 86

"**Hier, du mußt** unbedingt vorbeikommen! Ich brauche dringend deinen juristischen Rat. Wir treffen uns vor dem Haus. In Bühl."

Nachmittag, vier Uhr. Wollte eigentlich nachher in Ruhe die Berichte zur Wahl in Hamburg verfolgen. Glaube (und hoffe!), daß der Sozi Klaus von Dohnanyi seine Mehrheit nicht verteidigen kann.

Fahre also in der Erwartung, rasch wieder zurück zu sein, wenige Kilometer über die annäherungsweise schnurgerade Autobahn. Ein Ministück Landstraße nach Bühl. Dort, vorbei am Deutschlandsitz von USM Haller. Weiter in Richtung des eingemeindeten Dorf-Ortsteils Oberweier. In Bühl-Oberweier, an der Marienkapelle aus alten Zeiten, Abbiegen zu Ns Wohnung. Er wartet schon vor dem Haus an seinem Wagen. Sein Atem riecht, nein, stinkt nach Bier.

Das überkommene Bannmeilen-Residenzverbot des Casinos für die Baden-Badener Bürger umgeht N dadurch, daß auch weiterhin *pro forma* das Mietshaus seiner Eltern, ein Doppelhaus mit Garten, als Meldeadresse in seinem Personalausweis vermerkt ist. Auf die Idee ist er selbst gekommen. Ohne meine juristische Hilfestellung.

Es ist ausgesprochen selten, daß er an seinem offiziellen Wohnsitz und nicht in Baden-Baden anzutreffen ist. Denke, wir fahren gleich mit seinem Auto weiter, weil N buchstäblich nie läuft. Diesmal sind es *wirklich* nur noch wenige Schritte zum Rand der Dorfbebauung. Dort. Eine markenfreie Autowerkstatt.

Vor dieser sind ein schneeweißer VW Scirocco und ein kantenrostiger orangeroter Peugeot 205 abgestellt.

Unter den ohrwurmigen, und daher zu

meinem Leidwesen nur für mich zu hören-
den Klängen von Modern Talkings neuem Hit
Geronimo's Cadillac[24] und Versen von Boh-
lenscher genialer Schlichtheit, wird *er*
mir von einem begeisterten N in allen Details präsentiert:

Er steht in einer schwer zu beschrei-
benden Mixtur aus trübem Licht, das aus
den verschmutzten, schrägen Dachfenstern
fällt und der knallharten Kelvin-Kälte
zweier Neonröhren: ein hellgelber <u>Dino
246 GTS</u> mit knapp zweihundert PS und Tar-
gadach. Das ellipsenförmige Cockpit mit
seinen acht Rundinstrumenten und schönen
weißen Ziffern gefällt sogar mir. Dazu
die offene Schaltkulisse aus blankem Metall, der lange Schalthebel, gekrönt von
einem ballrunden schwarzen Kugelkopf.
Ästhetik pur.

Währenddessen schwärmt N kindlich vom
Mittelmotor. Verstehe zunächst: *mittle-
ren Motor*: "Warum nicht die stärkste
Motorisierung?!" Der Wagen sei in seiner

---

24 Lyrics: Dieter Bohlen (1986)

Coupéausführung noch rassiger als dieser ohnehin schon dramatisch geformte Targa, und zudem weit ungewöhnlicher, weil er dann zusätzliche Seitenfenster in den *Finnen* oder *Schweden* habe; so wie bei *Danny Wildes*[25] roter Version in *The Persuaders!*[26]

Er erklärt, der Dino sei, außer für strenge Hardcore-Markenpuristen, unbestreitbar ein echter Ferrari. Benannt nach dem, zu früh verstorbenen, Sohn des Firmengründers Enzo Ferrari: Alfredo, genannt Dino. Denke bei Dino reptiliengehirnreflexartig zuerst an den ultimativen Zerstörer und zucke zurück: Tyrannosaurus Rex.

Autos und ihre Technikfeinheiten interessieren mich schon immer nur als rein nützliche Alltagsdinge. Irgendein, als zuverlässiges, bekannt und bewährtes, fast jungfräuliches Exemplar in bestem Zustand kaufen und dann weitere sieben,

---

25 Tony Curtis als Daniel *Danny* Wilde
26 The Persuaders! Deutsch: *Die 2* (1970/1971)

acht, optimalerweise neun Jahre als Ge-
brauchsgegenstand bewegen. Bis das vom
Rost zerfressene Blech eine leidige Neu-
anschaffung nötig machen wird. Jede Deka-
de das gleiche Spiel. Befürchte, bis zum
Beginn des Bezugs der Altersversorgung.

Wir schleichen mehr oder weniger an-
dächtig, er tatsächlich, und mit seiner
linken Hand über den polierten Lack
streichend, ich, beide Hände hinter meinem Rücken, selige Ergriffenheit einigermaßen gut spielend, Seite an Seite, langsam um den, mitten in der engen Halle neben einer zweifarbig schwarz-grauen
Citroën 2CV *Ente*, einem wild verspoi-
lerten schwarzen 3er BMW (N meint, ein
Vorserienmodell des neuen M3.) und knapp
vor der blauen Hebebühne parkenden Sportwagen mit herausgenommenem Dach.
Indes ist N so dem Bann seiner Siebziger-
Jahre-Flashback-Zeitreise erlegen; so in
seinem autohypnotisch selbstkomponierten
Danny-Wilde- und Lord-Brett-Sinclair[27]-

_____

27 Roger Moore als Lord Brett Sinclair in *Die 2*

Universum gefangen, daß ihm eine noch billigere Heuchelei meinerseits nicht auffiele.

N kommt nun zum Punkt: Der Dino sei ihm, als geheime Empfehlung vertraulich, unter der Hand zum Kauf angeboten worden. Vermittelt von seinem Mechaniker. Gebe kühl und rational die, so sicher wie das *Amen* am Ende des Gebets auftauchenden, aberwitzig hohen Unterhaltungskosten (angefangen bei der vermutlich halsabschneiderischen Kfz-Versicherung) zu bedenken.

"Bist du sicher, daß er keinen verdeckten Unfallschaden erlitten hat? Warum verkauft jemand ohne Not so einen Ferrari? So einen Kunstgegenstand?"

N läßt mich, die Stimme der Vernunft, in aller Ruhe - er scheint es zu genießen - meine unvermeidliche Besorgnis vortragen. Am Schluß meines genervten Plädoyers, "Bei so einem exklusiven Gefährt *kauft* man nicht das Auto, sondern den Verkäufer! Buy the seller ...", jedenfalls bitte den Sportwagen genauestens und ohne Eile zusammen mit einem neutralen wirklichen Fachmann unter die Lupe zu nehmen, Stichwort Herkunft, Vorgeschichte, Kapitel Kosten, *Vernunft*, *Vernunft*, *Vernunft*, konstatiert er nach etwas Hin und Her, so lapidar wie ihm noch möglich, aber mit nicht zu verbergendem Genuß und Stolz in Stimme, Mimik und Augen: "Habe den Dino eben gekauft. Der Verkäufer ist ganz kurz vor deiner Ankunft fort. Wollte dann doch nicht auf dich warten. Sorry. Nachher hättest du es mir madig gemacht. Exakt so, wie du es gerade versucht hast mit deiner Heidenangst. Ich hätte vielleicht eine Sekunde zu lange gezögert, und morgen wäre der Wagen dann schon verkauft!" Unterbreche ihn nicht. Bin kurz sprachlos.

Was für eine Naivität. Ohne Probefahrt. Wer hat wem den freien Tag verleidet? Dafür also fahre ich an einem ungemütlichen Herbst-Wahlsonntag her. Um in einer nach Öl und Reifen stinkenden unordentlichen Werkstatthalle einen sicher über zwanzig Jahre alten, obszön geformten italienischen Gebrauchtwagen zu begutachten. Zugegeben, einen unnormal hübschen. "Gratuliere!"

"Glückwunsch!" Aus der halbleeren eingestaubten Kiste in der Ecke hinter der Werkbank neben dem Spind mit dem perversen Pin-up-Kalender überreicht er mir ein Tannenzäpfle. Üblicherweise würde ich mittlerweile an dieser Stelle sofort dankend ablehnen. Jetzt strecke ich unwillkürlich und beängstigend bereitwillig meinen rechten Arm aus, und greife schon nach dem goldenen Getränk in der dunkelgrünen Flasche, sein Angebot annehmend. Beinahe.

Beinahe hätte meine Selbstdisziplin versagt. In letzter Sekunde schaltet sich mein gewohnt nüchterner Verstand dazwischen. Und so bleibe ich meiner abstinenten Linie weiterhin treu. Schnappe mir anstelle des leckeren Alkohols eine, angesichts der kühlen Außentemperaturen und der ungeheizten Halle dennoch viel zu ek-

lig-laue Afri-Cola. Weiß nicht, sein wie-
vieltes Flaschenbier es für heute ist.
"Auf deinen Vierzigsten!"

N hat eine Geburtstagsüberraschung pa-
rat. Sein Geschenk: eine weiße, einfache
Gutscheinkarte als Platzhalter für das
schon bestellte (und bezahlte) Wochenend-
ticket zum XLV. Formel-Eins Grand Prix
von Monaco am letzten Maiwochenende ´87.
Bestimmt nicht günstig. Wirklich großzügig!

N malt die also unvermeidlich bevorstehende Tour plastisch aus: Hinfahrt im
röhrenden Dino-Ferrari. Abstecher über
die kurvigen Seealpen. Soll schon mal Ur-
laubstage einreichen für Mittwoch, den
Anreisetag, und Freitag: ein sehr langes
Wochenende vom 27.-31. Mai. Denn das
freie Training sei schon Donnerstag an
Himmelfahrt. Casino und die *Tip Top Bar*
besuchen, frühere Stammkneipe der Rennfahrer. Residenz im Loews-Hotel direkt am
Meer über dem berühmten Tunnel, mit Blick
auf die noch berühmtere, enge, nach dem

Hotel benannte Serpentine, auf der sich die Rennautos hintereinander den Felsen hinunterschlängeln, und wo nur die allerbesten und tollkühnsten Fahrer überholen. Als *persuaders*[28] Feiern mit optisch perfekten Schönheiten aus aller Welt im Yachtclub und in der Spielbank. Mein Himmelfahrtskommando!

Fühle mich vom Überredungskünstler überrumpelt und unwohl flau bei dem Ausblick auf bevorstehende unplanbar chaotische Zustände im Fürstentum. Hotelzimmer seien natürlich auch schon reserviert. Autorennen als Zuschauer sind das Eine. Das Andere ist Ns Wahnvorstellung, selbst erfolgreicher Rennfahrer werden zu können. Er phantasierte wieder von irgendwelchen Rallyes und Langstrecken-Rundstreckenrennen. Noch die *Grüne Hölle* Nürburgring, das gerissene Schlitzohr Niki Lauda und *Le Mans* erwähnt und von seinem verwegenen Schauspiel- und Rennfahrer-Idol Steve McQueen geschwafelt.

---

28 Wer von uns *ist* Tony Curtis? Wer *ist* Roger Moore?

Muß mich beherrschen, mich beim Nie-
derschreiben nicht schon wieder sinnlos
aufzuregen. Sein Problem ist, daß er null
Ahnung hat. Null Ahnung von fast allem,
und ganz besonders vom kontrollierten,
wirklich schnellen und gefühlvollen Auto-
fahren. Ja, *zugegeben*, fährt er immerhin
etwas besser als ich. Will ja auch Anwalt
bleiben. Nicht mein Traumberuf. Bin es
aber auch nicht ungern. Was wäre für jemanden wie mich schon die Alternative zum
geregelten Juristenjob?

N rast gerne einfach so die Kurven der
braun-schwarz schattigen, eng verwinkel-
ten Land- und Kreisstraßen rund um Baden-
Baden rauf und runter. Vor allem die, bis
nach Amerika bekannte, fast schon legendäre B500 ist sein Lieblingsrevier. An
sonnigen Tagen kann ich das ein kleines
bißchen nachvollziehen. Dann mag ich die
gewundene Fünfhundert auch. Wobei ich weniger die Fahrt an sich mag, als das An-
kommen an meinen mystischen Lieblings-
zielen Mehliskopf oder Mummelsee. Ruhige

Ausblicke genießen und einsames Wandern.

N liebt die B500. Solange keine lahmen Sonntagsfahrer oder schleichenden Wanderdünen-Traktoren, kriechenden Land- und Forstwirtschaftsmaschinen oder zockelnde Lkws die Schwarzwaldhochstraße als annähernd immobile Hindernisse blockieren und ein gefahrloses Überholen derselben für hunderte Meter oder sogar Kilometer im Grunde unmöglich machen. Was N aber nicht daran hindert, es tollkühn auf gut Glück dennoch zu wagen. In seinem bisherigen Wagen:

Einem roten Porsche 944 - jetzt sogar bis in den Libanon erprobt. Das Coupé mit großem Targa-Schiebedach hat er sich letztes Jahr gekauft, irgendwann im Hochsommer, Juli oder August. Meinte eine ähnliche Karosserie gäbe es als 928er Porsche mit Achtzylinder als Tony-Montana-Scarface-Mobil. In der Tat besitzt sein Schwager wohl einen ebensolchen Porsche in seinem monegassischen Fuhrpark. Leider unerschwinglich für N. Immerhin, der 924er-Vorgängermotor sei ein *halber* Block aus dem 928er. Wohl direkt nach dem Kauf seines ersten richtigen Sportwagens hat N die winzigen, nur kindergeeigneten Rücksitze, alle Teppiche und Verkleidungen im Innenraum entfernt, denn derart verunstaltet bekam ich den Zweitürer vorgeführt. In tiefster Überzeugung überrollte er mit billiger tiefschwarzer Baumarktfarbe Motorhaube sowie die klappbaren Scheinwerferabdeckungen. Er meinte voller Ernst, das würde nun, während des *Racing*, störende Sonnenstrahlenreflektionen verringern. Diese mattschwarze Motorhaube, *verschönerte* er, in Anlehnung an die Lotus-Honda Formel-Eins Renner und die Tabakmarken-Dschungelrallyes mit einigen unsinnigen Camel-Trophy-Aufklebern. Schließlich raucht er John Player Special. Zur Not: Luckies.

Komplettiert wird jetzt der optische Feinschliff durch runde Rallye-Startnummern auf beiden Türen: Dreiunddreißig. Zwei weiße, serifenlose Dreien auf schwarzem Grund. Nicht sein Jahrgang. Sein Alter. Zum Kaufzeitpunkt im letzten Jahr. Wozu diese Extravaganzen? Der Mann hat einfach zu viel Zeit.

N sieht sich trotz seiner Jahre ohne er(n)ste Rennpraxis nicht als künftigen Gentlemandriver, nicht als Bezahlfahrer, der sich mit eigenem oder Sponsorengeld in ein Team einkauft, sondern als angehenden Vollprofi, der für seine Renneinsätze *selbstverständlich* angemessen bezahlt wird. Nicht, daß er auf diese Einnahmen angewiesen wäre. So schlecht lebt es sich nicht in Baden-Badens Hügeln als Sohn eines Psychiatrie-Professors.

Zwei Flaschen Tannenzäpfle später fordert er mich zum Rennen heraus. Einem Duell. Wir beide und seine beiden Autos. "Wir losen aus, wer welches Fahrzeug lenken darf." Respektive in meinem Fall, fahren *soll*. 944 gegen 246.

Auf Höhe der russischen Kirche mit ihrer goldstrahlenden Kuppel in der Lichtentaler Straße soll unser Start liegen.

Der weniger PS-starke Vierzylinder-Porsche dürfe, ganz fair, Startplatz eins an der Ampel vor dem Sechszylinder-Dino auf Position zwei haben. Anvisierter virtueller Zielstrich: der Parkplatz am Mummelsee-Hotel.

Meine Entgegnung: "Bis zum Mehliskopf reicht doch! Das Hotel am See wird renoviert oder umgebaut. Bin mir nicht sicher, ob das Café zur Zeit überhaupt geöffnet hat." Zwanzig Minuten Fahrt, je nach Wetterlage, Tages- und Jahreszeit. Hebe meinen Zeigefinger. "Und! Wir beachten die Tempolimits! *Ich* werde mich ohne Ausnahme gewissenhaft an die Geschwindigkeitsbegrenzungen halten."

Die Dämmerung fällt weiter ein. Mir dämmert: "Der Dino ist noch nicht auf dich zugelassen!" "Kein Problem! Hier liegen rote Nummern. Machen wir einfach eine Probefahrt." Von der rechtlichen Zweifelhaftigkeit seines Vorhabens, den kuriosen Katze-im-Sack-Ferrari direkt in einem privaten *Renneinsatz* einzuweihen, bekomme ich ihn nicht überzeugt.

Mein halbherziger Gegenvorschlag, um der irren Planung Einhalt zu gebieten: ein Probelauf. Er in seinem indischroten Porsche und ich in meinem marsroten Audi. Welch lachhafte Vorstellung: Mit meinem Auto. In meinem vierten Berufsjahr als Rechtsanwalt Anfang 1980 als Vorführwagen, Modelljahr '79 mit damals knapp dreihundert Kilometern auf dem Zähler zum unverhandelten Jahreswagenpreis das Ausstellungsstück vom Karlsruher VAG-Händler erworben. Einzige Extravaganz der soliden Limousine mit beigem Teddyplüschvelours, einfachen Kurbelfenstern und Stahlschiebedach ist das nachgerüstete Becker Mexico Stereo Kassettenradio.

Damit ich meine Lieblingsmusik auch unterwegs hören kann, ohne hilflos darauf angewiesen zu sein, eine längere, reine Musikzeit zwischen den unausstehlichen, humoristisch gemeinten, *komischen* Einspielungen der Baden-Badener Popwelle SWF3 zu erwischen. Kein *Danke* an dieser

Stelle nach KA ans BVerfG für das neue 4. Rundfunkurteil. Inzwischen habe ich jede LP meiner Sammlung auf MC überspielt.

Wahnwitzige sechsundachtzig PS aus dem Vierzylindervergaser. Permanenter Bleigeruch inklusive. Unübertreffliche Übersichtlichkeit dank pfeilgeraden Linien und unzähliger, meiner geliebten rechten Winkel in der kantigen Karosserie. Die rechte Seite ist schon lange zerkratzt von feindlichen Einparkern und hat einige, nicht so tiefe, kleinere Dellen mir nicht bekannten Ursprungs und eine etwas größere, längliche am vorderen Kotflügel. Mein betagter Audi taugt höchstens als Autorequisite eines ARD-*Tatort*-Nebenrollenopfers. Und nicht als Requisite einer furchteinflößend filmreifen Verfolgungsjagd.

"Basta! Du hast schon zu viel getrunken." Keine Zeit für seine Faseleien. Will jetzt zur Hamburger Wahl-Berichterstattung pünktlich zuhause sein. Das abstruse Ansinnen der Autojagd niedergeschmettert. Am Ende der Diskussion hat die <u>Dunkelheit</u> vollends gewonnen. Zapfenstreich.

"Okay. Aber bei der nächsten Gelegenheit gilt's!"

Kapitel 6

Mittwoch, 19. November 86
Buß- und Bettag

Was für ein Tag! Gestern.

Notiere jetzt, Donnerstag abend. Will nicht wahrhaben, kann nicht glauben, was *wahrscheinlich* passiert ist.

Zerstochere ein halbes Stück von Junas lockerem Haferflockenkuchen. Gestern, als die karamelisierte Kruste noch ofenwarm knusprig war, für heute eine weitere extradicke Scheibe einpacken lassen. Juna freute sich und berechnete mir das zweite Stück nicht. Egal. Das ist jetzt <u>unwesentlich</u>.

Da relativiert sich die Bedrohung, der Alptraum-Schrecken der zerstörerischen linksextremen Stadtguerilla-Gewaltakte, mit ihren fast schon gewohnheitsmäßigen Entführungen, feigen Terror-Autobomben,

Sprengstoffanschlägen, oder - wie jetzt die Erschießung des Renault-Bosses[29] in Paris auf offener Straße vor seinem Haus.

Vor's Haus gehen. Oft erweist sich Überwindung am Ende als lohnender. Trotz lethargischer Unlust raus. Rausgehen, obwohl ich keine große Lust dazu verspüre. Hätte ich mal auf meine innere Stimme gehört und wäre besser brav daheim geblieben! Der letzte Abend, begann relativ gewöhnlich. N gelang es, mich zu bequatschen und überredete mich, im gewohnten Casino-Zirkus aufzutauchen.

Er setzt seinen üblichen Fünfzig-Mark-Jeton auf die, auf *seine*, dreiunddreißig mit einer Gewinnchance von immerhin ganzen zweikommasieben Prozent. Und gewinnt. Das fünfunddreißigfache seines Einsatzes.

Freue mich für ihn, und fühle doch mehr als nur ein kleines bißchen unchristlichen Neides. So viel Geld für jemanden, der es nicht nötig hat. Eintausendsiebenhundertfünfzig Mark. Davon gibt

---

29 Georges Besse am 17. November 1986

er einen Hunderter Chip als Trinkgeld für die Croupiers. "Faites vos jeux! Bitte, daß Spiel zu machen."

Kann ihn nicht davon abhalten, den größten Teil seines Gewinns auf der dreiunddreißig liegen zu lassen. Er brummelt selbstsicher: "Hey, nothing ventured, nothing gained. Nichts gewagt, nichts gewonnen!" Es darf nicht wahr sein! Das schöne Geld wird von einer Sekunde auf die andere verschwinden. Gleich. Verloren!

Wahrscheinlich, ohne nur einen solchen pessimistischen Gedanken zu verschwenden, summt er selbstverliebt Modern Talkings *You Can Win If You Want*[30]. Welche Parallelen zur besungenen Dame: Auch N schaut nie zurück, gehört nicht in eine enge Kleinstadtwelt, und auch für ihn hatten seine Eltern die Zukunft im Vorfeld *anders* durchgeplant.

Jetzt spielen Tausend Mark die volle Zahl, volles Risiko. "Rien ne va plus.

---

30 Lyrics: Dieter Bohlen (1985)

Nichts geht mehr." Der Croupier dreht ab, wirft die Kugel. Minuten-, nein, stundenlang dreht sie sich im weiten Kesselrund. Die Zuschauer gebannt. "Ah." und "Oh." Sehe nicht hin. Alles weg?! Höre ihn schon lapidar sagen "Na und?!". "Trentetrois. Impair. Noir. Die dreiunddreißig." Mit der *doppelten dreiunddreißig* gewinnt er auf einen Schlag fünfunddreißigtausend Mark. Mehr als ich in einem Jahr als angestellter, erbärmlicher Anwalt verdiene. Von seinem Gewinn gibt N Zweitausend "für die Angestellten." Bleiben *dreiunddreißigtausend* Mark. Aus einem ursprünglich riskierten Fuffziger. Verabscheue ihn dafür. Und mich. "Ich bin der Haß!"[31]

Ich hätte es, genau wie er, so (oder mit weniger Einsatz) spielen können. Niemand hinderte mich. Nur meine liebe schreckhafte Vernunft.

In einem letzten Anflug von Geistesge-

---

31 DÖF: *Codo ... düse im Sauseschritt*, Lyrics: Georg Januszewski, Josef Prokopetz, Manfred Tauchen, Annette Humpe (1983)

sundheit läßt N nicht das erlaubte Maximum auf der vollen Zahl liegen, sondern nimmt wenigstens die großen Jetons an sich. Doch dann. Statt die Chips vom Tisch zu nehmen, wendet er sich plötzlich zurück zum Filz und schiebt mit impulsiver Geste einen Zehntausenderjeton auf Rouge. Seine Begründung: "Es kam jetzt fünf mal Schwarz. Jetzt ist auf jeden Fall wieder rot an der Reihe." So ein Quatsch!

N wartet nicht. Weder auf meinen Einwurf zum Thema Gesetz der *Großen Zahl*, noch darauf, daß der Croupier die weiße Kugel entgegen der Drehrichtung des Kessels wirft, sondern bestellt, in Seelenruhe bei E hinten an der Seitenbar zwei Flaschen Champagner. Das neue Ergebnis interessiert ihn scheinbar nicht. Jetzt nicht. Mich schon!

Als er endlich zurück ist, haben sich seine zehntausend verdoppelt, und weil sie in der eben annoncierten Runde immer noch ungehindert auf Rouge liegen, ste-

hen jetzt zwanzigtausend Mark im Risiko-
fegefeuer. Viele Monate Arbeit. In meinem
Leben.

Und wieder Rot. So selbstverständlich!
Vierzigtausend. Zusätzlich zu den vorhin
gesicherten Dreiundzwanzigtausend. Rede
auf ihn ein. "Vorsicht!" Meine jämmerli-
che engherzige Angst, zu verlieren gegen
seine überoptimistische Gier. Seine Gier
ist seine Angst, zu wenig und zu langsam
zu bekommen. Vom Leben.

Vielleicht mag es tatsächlich ursprünglich sein Plan gewesen sein, den
gesamten Gewinn vom Tisch zu nehmen. Widerwillig schnappt er sich nur den eben
neu dazugekommenen Gewinn und läßt kin-
dergartenkindtrotzig den Einsatz der Vor-
runde, die beiden zehntausender auf dieser Stelle liegen. Unnötig zu erwähnen,
daß *natürlich* Rot fällt. Erneut. Dreiund-
zwanzig plus zwanzig plus vierzig. Drei-
undachtzigtausend.

Mehr als zwei volle Jahresgehälter –
für mich. Und für ihn als Normalange-

stellter in der Klinikverwaltung eigentlich in der Relation noch etwas mehr.
Wäre nicht im Hintergrund das offensichtlich vorhandene kleine Vermögen und die
daraus resultierende große Leichtigkeit.
Schon im biblischen Gleichnis über die
anvertrauten Talente heißt es markant im
Matthäus-Evangelium:

> "Denn jedem, der da hat,
>
> wird gegeben werden,
>
> und er wird Überfluß haben;
>
> von dem aber, der nicht hat,
>
> von dem wird selbst, was er hat,
>
> weggenommen werden."[32]

Wehmut, Groll und betrübte Bitterkeit!
Wie kann so etwas in der Bibel stehen.
Unsicherheit. Unbehagen. Wahrscheinlich
habe ich den Kern dieser *frohen Bot-*
schaft nie verstanden? Ganz und gar nicht
biblisch keusch sind die drei leicht las-
ziven Damen rund um N. "Nette Vögelchen!"

---

32 Matthäus 25, 29 (Elberfelder Bibel 1905)

flüstert mir N mit erfahrenem Kennerblick zu und genießt den Moment.

Berauscht von Gewinn, viel Alkohol und sinnlicher Umgebung, will er weiter spielen. Gierig. Fühlt sich unbesiegbar. "Wer bin ich schon, dem zu widersprechen? Who am I to disagree ..." Annie Lennox Stimme singt in meinem Kopf, begleitet von dem legendären Synthie-Riff den Eurythmics-Hit *Sweet Dreams (Are Made of This)*[33].

Jähzorn. Ich weiß nicht, welche einzelne oder mehrere in Kombination meiner weiteren Bemerkungen N zur Hochdruck-Explosion gebracht hat oder haben. Alle zusammen? Vielleicht

Meine gut gemeinten bangen Hinweise empfindet er als unbotmäßige Demütigungen. Unerwünscht aufmüpfige Einmischungen eines unerträglich trockenen Realisten. Ich sollte es besser wissen. Eigentlich.

Der bedauerliche Konflikt war vorhersehbar. Verärgert zerrt er mich am Arm, raus aus dem Saal, hysterisch in das

---

33 Lyrics: Annie Lennox, David Allan Stewart (1983)

Foyer. "Was soll das? Ich laß mich nicht entmutigen! So jemand wie du ruiniert mir nicht meine Glückssträhne! Du machst mir das nicht kaputt! Hör´ auf! Gib endlich Ruhe, sonst hau´ ich dir auf´s Maul! Sei froh, daß ich nicht Mike Tyson bin! Der würde es dir richtig zeigen." Wütend wirft er Chips auf mich. Grotesk. Fange einen zehntausender. Atme tief ein. Mein gesunder Instinkt: ihm den Jeton zurück- reichen. Doch er schlägt meine offene Hand zur Seite, läuft davon. Ohne seine Jetons an der Kasse einzulösen, stürmt er durch die Glastür aus der leeren großen Vorhalle, aus dem Gebäude.

Kläglich versagt. Wäre ich ihm nur nicht gefolgt! Erst jetzt, zuhause, kommt mir der, oft von D zitierte und zur Be- sonnenheit mahnende Sinnspruch in den schlaflosen düsteren Sinn:

"Der Weise fürchtet sich
und meidet das Böse,
aber der Tor braust auf

und ist sorglos."[34]

Draußen an seinem *"Porsch!"*, wie er ihn meistens überaus stolz nennt - sein Dino wartet weiterhin in der Werkstatt still und unbewegt mit einem schier unauffindbaren Fehler an der italienisch-komplexen Benzinzufuhr - fordert er mich heraus. Zum Rennen!

"Nein! Beruhige dich, komm runter. Das ist Wahnsinn! Lebensmüde!" N duldet keinen Widerspruch. Ohne weitere Worte öffnet er die *Dreiunddreißiger*-Fahrertür seines Targas. Und rast los. Verdammt!

Zu diesem Zeitpunkt wäre ein Sieg des chronisch beklommenen Verstandes überfällig gewesen. Hätte einfach zurückgehen, vielleicht den ursprünglich gefangenen, von N wieder aus meiner Hand geschlagenen und von mir aufgehobenen Jeton unterschlagend einlösen - auf jeden Fall: nach Hause fahren sollen.

Spät genug in der Nacht war es oben-

---

34 Sprüche 14, 16 (Elberfelder Bibel 1905)

drein. Stattdessen, im inneren Chaos aus heißem Gefühl der leidvollen Wut, des, *ja*, stichelnden elenden Neides und des ekelhaften rechthaben- und rechtbehalten-Wollens: ihm hinterher.

Die Nacht ist gar nicht kalt. Kein Frost. Und doch zähneklappernd eilig in die Nebenstraße zu meinem Auto. Losgefahren, mich erst an der nächsten Kreuzung mit Herzklopfen angeschnallt. Treffe ihn tatsächlich schon in der ersten Kurve hinter Lichtental.

Er wartet an der Abzweigung zum unasphaltierten Parkplatz neben seinem roten Sportwagen. Springt, als er mich sieht, spukgleich und krawallig aufgebracht wie *Rumpelstilzchen* im gespenstischen Schein des eingeschalteten Abblendfahrlichts um sein, mit laufendem Motor haltendes Auto und setzt sich nach dieser merkwürdig verstörenden Fußgänger-Ehrenrunde wieder auf den tiefen Fahrersitz. Ich parke beklommen hinter seinem 944. Zündung aus, Handbremse gezogen. Steige leider zu zögerlich aus.

Um mit ihm zu verhandeln. Um ihm seine kindische Aktion auszureden. Will ihn zurückhalten. Irgendeinen ungewissen Deal machen. Doch noch bevor ich neben seiner Tür stehe, rollt er wieder an. Seine miserable Parkplatz-Szene hat ihm keine Abkühlung gebracht.

"Jetzt zählt's!" ruft er mir, mit einem Blick aus zornigen, halb zugekniffenen Augen durch die halb heruntergelassene Seitenscheibe zu. "Okay." Perplex.

Damit er endlich *sein* Rennen hat und für immer Ruhe geben kann. Werde ihn na̲-tü̲r̲l̲i̲c̲h̲ gewinnen lassen. Dann hat er seinen Triumph und hat sein Gesicht gewahrt.

Zwiespalt. Zu zaghafte Unentschlossenheit. Oder? Wäre es nicht doch besser, klüger, ihm seine Grenzen vor Augen zu führen, ihm entgegentreten, ihn abzustrafen, und das auch noch in einem real nur halb so starke unterlegenen Auto? Vor allem wäre es eine peinliche Niederlage, zugefügt durch einen Fahrer, der niemals motorsportliche Ambitionen gehegt hat.

Weiß ratlos, verstört und verschüchtert nicht, was ich denken soll. Beunruhigende Emotionen, grauende Müdigkeit und starker Hunger vernebeln und zerrütten mir mein sonst so seriös verläßliches Entscheidungszentrum. Mein Auto, die spießige Langeweile, und personifizierte Vernunft, dabei genau wie der gegnerische – auch rote – und dabei so gegensätzliche Porsche in Neckarsulm geformt und in Blech gegossen, getauft auf den wunderbar uneitlen Namen Audi 80 GLS: springt jetzt nicht an. Motor elend abgesoffen. Ein wachrufender Wink des Himmels?

Etwa dreißig Sekunden oder eine Minute nach ihm fahre ich aufgescheucht *endlich* los. Ortsdurchfahrt Geroldsau. In der Dunkelheit ein erster beirrender Schreckmoment. Plötzlich taucht sie in meinem Blickfeld in der Mitte der rechten Fahrbahnseite auf. Langsam pirscht eine anthrazit-hellgrau-getigerte Katze auf ihrer eigenen Jagd – ohne jedoch mein herannahendes, wütend hupendes Auto wahr-zunehmen. Ist sie taub? Eine, von einer inneren Stimme eingeleitete, nie geübte, instinktive, ruckartige Gegenlenkbewegung läßt die Vorderreifen quietschen und mich den bockigen Audi kontrolliert abfangen. Gerade noch, bevor er ausbrechen kann und es zu einem fatalen Dreher kommt. Ich komme links, im nicht vorhandenen Gegenverkehr und knapp vor einem parkenden Holzlaster zum Stehen. Kalter Schweiß auf meiner gefrusteten Stirn. Klebriger an meinen Händen. Geschwitzter Körper vom Geschehen: Casinostreit, Laufen zum Auto, schnelles Fahren in der Dunkelheit, damit verbundenes angestrengtes Sehen bei, für meine arg dioptrinierten Augen schlechter Sicht, und jetzt: dieser Beinaheunfall.

Nervenkrise. Innerlich zittere ich erbärmlich, seltsamerweise sind meine Hände dabei vollkommen unbeeindruckt ruhig. Äußerst konzentriert fahre ich mit reduziertem Tempo weiter durch den Ort und hole N, wie durch ein Wunder, bald ein. Er scheint diese Passage sehr langsam gefahren sein. Würde ihm gerne in seinen Wagen rufen, "Stopp! Halt an!".

Höre stattdessen wie er, wahrscheinlich nach einem intensiv-neurotischen Blick in seinen Innenspiegel, den frisierten Porschemotor auf sicher irre hohe Drehzahlen bringt.

Von hier aus, geht es in den bewaldeten Anstieg. Hoch zum Mummelsee auf rund eintausend Höhenmeter. Der Bergsee ist bei diesem Tempo in weit weniger als zwanzig Minuten zu erreichen. Die Tachonadel in der linken Rundanzeige des Armaturenbretts steht fast senkrecht. Der Drehzahlmesser im rechten Rund zwischen fünf und sechs. Laut, und nahe am orangenen Bereich. Nach gefühlten Sekunden, in Wahrheit aber mindestens zwei schreckliche Minuten später, kommen wir hinter einer scharfen beinahe Hundertachtzig-Grad-Rechtskurve und einem kurzen Geradeausstück an diese Abzweigung. Links oder rechts?

Mittendurch, genauer gesagt: leicht rechts, geht es auf die Landstraße. Hinunter zu den wenigen Häusern von Neuweier. Der Verlauf der Höhenstraße B500 ist jedoch scharf links. Weiter hinauf. In einem leichten Drift biegt N links ab, ohne daß seine Bremslichter aufleuchten würden, und ohne auf kreuzenden Verkehr zu achten. Auf die Bundesstraße.

Die B500, die fast stetig ansteigend, selten steiler, noch seltener fast flach oder sogar leicht abfallend ihren intuitiven Weg durch den Schwarzwald windet. Im Sommer bei Sonnenschein erfreuen sich viele an einer gemütlichen Fahrt durch den Mischwald aus Buchen und Tannen, Kiefern und Fichten. Genießen den Rhythmus der wechselnd spitzeren und stumpferen Kurvenradien. Mal links, mal rechts herum. Dazu der berauschende Stroboskopeffekt der Lichtblitze, dem schnellen Wechsel zwischen Sonnenlicht und tiefen Schatten. Jener Hypnoseeffekt wird perfekt verstärkt durch sich vermeintlich wiederholende, scheinbar gleichartige Streckenabschnitte.

Ich bin nicht in Trance. Oder? Ich bin hellwach. Jetzt. Es ist die pure Angst, Angst vor abrupt und schlagartig auf die Fahrbahn laufenden Tieren. Rehen oder Wildschweinen. In Kurven bin ich sogar langsamer als das Tempolimit. Weit weniger als fünfzig. N schaltet vor den Kurveneingängen herunter, um danach umso rasanter auf die nächste Gerade herauszubeschleunigen. Halsbrecherisch schneidet er alle Kurven. Nennt man wohl Ideallinie. Denke, daß ich ihn irgendwo hinter den Serpentinen überholen werden kann. Immer wieder unterbrechen, rechtwinklig zur Fahrbahn gesetzte Abzweigungen in kleine geteerte Straßen oder Einmündungen in Waldwege die Baumreihen. Obwohl ich die Strecke schon öfter gefahren bin, vermute ich selbst tagsüber, nach dieser oder jener Kurve, schon an einer viel weiter entfernteren Stelle zu sein.

Illusion: Schon mehr Strecke zurückgelegt zu haben. Gefangen in der Wahnvorstellung. Es hält allerdings noch an. Die B500 zieht sich hier nur zum Schein ewig.

Mittlerweile fahren wir erschreckend dicht hintereinander. Rast er nicht mehr so waghalsig? Wird er langsamer? Hat er sich genug abreagiert? Jedenfalls bin ich *omnimodo facturus*[35], das ganze Drama jetzt und hier zu beenden. Wenigstens will ich ihm so sehr seinen Schneid abkaufen, daß er jede Lust auf die weitere Fortsetzung oder künftige Neuansetzung dieser irren Rallye verliert. Mein Plan: ihn, der seinen Möchtegern-Porsche pilotiert, ihn, den selbsternannten *Superfahrer*, ihn mit meinem wahrhaftig hoffnungslos unterlegenen *Beamtenauto* überholen.

Dann, nach einer weiteren Minute, einer Minute des abwägenden Nachdenkens,

---

35 Täter, der fest und unter allen Umständen entschlossen ist, die geplante Tat zu begehen. Je nach Ansicht kann er nicht mehr angestiftet werden.

endlich ein längeres Flachstück schnurstracks, vielleicht sogar leicht hinab. Das ist *der* Platz zum Überholen. Ich setze an, vorschriftsmäßig den *Fahrtrichtungsanzeiger* links geblinkt. Neben ihm. Schaue herüber. Nehme sogar meine rechte Hand vom Lenkrad und deute mit der flachen Hand nach unten. "Mache langsam, Es reicht." Er schaut stur nach vorne. Sieht nicht zu mir her. Schere mit ausreichend Abstand vor ihm wieder ein und gebe danach kein Gas mehr. Die Drehzahl kommt herunter. Luft- und Rollwiderstand reduzieren mein Tempo. Der Adrenalinkick beginnt abzuflachen.

Doch keine dreißig Sekunden später überholt er mich. N ist wieder in Führung. Ausbremsen gescheitert. Meine Botschaft nicht angekommen. Mein Unwohlsein, mein Frust und meine Antipathie wachsen.

Jetzt, weitere fünf, sechs oder doch schon sieben erhitzende Minuten Fahrt den kurvigen Berg hinauf, endlich rechts der Gasthof, Schwanenwasen, nach einer lang-

Theodor Vincent Seel

gezogenen Rechtskurve in einer ausgedehn-
ten Linkskurve, die wiederum in eine lange Rechts übergeht. Man könnte es fast
schon eine schön geschwungene, schnelle
Schikane nennen. <u>Nervenkrieg</u>. Gebe nicht
auf. Jetzt nicht!

Habe Mühe, an N dran zu bleiben. Er
scheint richtig vehement auf dem Gas zu
stehen. Er fliegt geradezu über die Bühlerhöhe. Will mich kleinkriegen. Mutlos
machen. Die Bühlerhöhe ist fast der <u>Höhe-</u>
<u>punkt</u>. Die Fahrbahn wird schwärzer.
Feuchter. Vorbei am alten, schloßartigen
Sanatorium, das demnächst als feine Grun-
dig-Klinik neu eröffnet werden soll. Eng
hintereinander fahren wir in die Höhe.
Vorbei an der, weiter hinten im Wald und
daher nicht zu sehenden kleinen Marien-
kirche. Was folgt, ist noch eine schnelle, wenig beängstigende links-rechts-
links-rechts-Kombination, ein gerades
Tannenwaldstück schließt sich an, auf dem
mache ich etwas Boden gut, und schlußendlich die weitläufig ausladende Kreu-

zung, an der es, wenn der vor Tagen in der Ferrari-Werkstatt verabredete Plan noch gilt, links die letzte Serpentine mit den vielen Schlaglöchern am Fahrbahn- rand hinauf zum Touristenparkplatz am unteren Mehliskopf gehen soll. Was macht N?

Der Irrsinnige prescht ohne Stopp und ohne Hemmungen über die, Gott sei Dank, menschen- und tierleere, dunkel im Win- zigtröpfchennebel liegende Kreuzung. Er scheint mir wie Rudi Dutschke zuzurufen: *"Der Kampf geht weiter!"*

N folgt der Rechtskurve der Höhen- straße mit ihrer kaum merklichen Krüm- mung. Ich *gezwungenermaßen* hinterher. Bin völlig aus meinem inneren Gleichgewicht. Als sein zögerlicher Verfolger. Quäle meinen Audi und trete das Gaspedal zum allerersten Mal voll durch. Die hohe Drehzahl erschaudert mich. Komme seinem 944 Meter für Meter näher.

Für einen Überholversuch bin ich noch zu weit entfernt. Vielleicht vierzig Meter, vielleicht auch weniger. Hier, die fast neunzig-Grad-Kurve am Bergheim Hundseck. An dieser Kreuzung geht es scharf rechts nach Nickersberg. Wir bleiben feindselig auf der Fünfhundert. Ich weiß, daß gleich wieder ein Stück mit Überhol-, und am Tag bei klarem Wetter touristisch wertvollen Aussichtsmöglichkeiten folgt. Je nach Tiefe der Wolken ist dieses Stück zeitweise im dichten Regen verhangen, oder sogar *über den Wolken*, oder über dem Nebel. Ohne mahnende Orientierungspunkte habe ich mich im Dunkel völlig ver-, und das Vermögen des Limousinenfahrwerks überschätzt: Die nächste, für Unerfahrene, fast schon unerwartet scharfe Rechts bei Unterstmatt zudem unterschätzt. Gezwungen, heftig bremsen, um nicht geradeaus zu schießen. Stehe mit Herzensangst und ganzer Kraft meines untrainierten rechten Beines auf dem Pedal. N zwei Wagenlängen vor mir hat es mit seinem Porsche nur knappst geschafft, die Breite beider Fahrspuren nutzend. Fürchterlich heulender Motorlärm, weinerliches Reifenrutschen. Knackender Radioempfang, den Höhenmetern oder den dichten Bäumen geschuldet. Aus den beiden Stereolautsprechern im Armaturenbrett knistert stampfend der Boney M. Hit *Nightflight To Venus.*

Jetzt folgt nicht mehr viel quälende Zwangsstrecke bis zum befreienden See. Spüre Erleichterung. Durchatmen. Bin fast froh, gleich am Leidensende Mummelsee angekommen zu sein. Hinter einer langgezogenen, fast schon Hundertachtzig-Grad-Wende ruht er sanft in den dunklen Wald eingebettet. Auf der linken Straßenseite direkt hinter dem Gasthof an der Bundesstraße: Links Mummelsee, Rechts Talblick. <u>Ziel</u>.

Allein, so weit ist es noch nicht! Noch wenige Minuten, noch einige wenige hundert Meter, nur knappe Kilometer, bis zu seinem Sieg, bis zu dem Punkt, an dem er hoffentlich weit genug gegangen, weit genug gefahren ist, um - so meine Erwartung - wieder etwas beruhigter zu sein. In Frieden. Ende des <u>Verfolgungs-Wahns</u>.

Die Nacht hat ihre eigene schreckliche Dynamik. So kurz vor dem Ziel kreuzt N jetzt unverschämt provokant auch auf den geraden Teilstücken die Fahrbahn vom rechten Straßenrand zum linken. Und von links nach rechts. Schlingert leicht. Die Karosserie mit der überdimensionalen Heckscheibenkuppel schwankt und schaukelt. Mir graust. Hat er ein Problem mit seinem Auto? Mit der Lenkung? Mit dem Fahrwerk? Oder mit sich selbst? Sollte ich ihn vielleicht erneut überholen und dann, diesmal in der Mitte der Straße <u>einbremsen</u>? Lähmende Ratlosigkeit. Besser nicht! Aussichtslos!

Augenblicke später bin ich nur wenige Meter hinter ihm, bleibe ganz außen, ganz weit rechts, während er sich mit seinem Sportgerät auf der gesamten Fahrbahn breit macht. Sein Targa verzögert jäh, sehe die Bremsleuchten aber nicht aufleuchten. Oder vielleicht eine Sekunde zu

spät? Bemerke den drohenden Auffahr-
unfall. Trete sofort in höchster Not, mit
voller Kraft auf die Bremse. Schon
wieder. Das mittlere Pedal fällt nach der
Vollbremsung von vorhin etwas weicher und
etwas tiefer Richtung Boden, bevor endlich, endlich die ganze Verzögerungswir-
kung auf die schmalen Reifen einsetzt.
Ziele mit der Lenkung unverändert leicht
nach rechts. In die eigentlich zu enge
Lücke zwischen seinem Sportwagen und dem
Fahrbahnrand, um ihn nicht voll zu treffen - *falls* meine Bremsleistung am Ende
nicht ausreichen sollte.

Meinem Audi und mir wird auf dieser
unebenen Straße, in dieser Sekunde, alles
abverlangt. Physikalische Gesetze sollen
jetzt nicht gelten. Frontantrieb. Ängstliche Lenkbewegung. Simultan: trauma-
tische Notvollbremsung. Übermächtiges Un-
tersteuern. Blockierende Reifen.
Mein dunkel ahnungsvolles und dabei
gleichzeitig ahnungslos dilettantisches
Geniestreich-Manöver dennoch geglückt!

Denke ich. Hoffe ich.

Entweder ist er durch mein Auftauchen in der Höhe seines Kofferraums so stark irritiert und verreißt dadurch sein Steuer; oder, ich habe seinen Wagen tatsächlich ganz hinten, ganz rechts, ganz außen, ganz leicht, ganz minimal berührt? Die stöhnenden Reifen auf der glitschigen Straße und das dünne, eh vibrierende schwerfällige Lenkrad geben wenig aussagekräftige Rückmeldung. Zumindest keinen großen Ruck. Und doch: fassungsloser Fehlschlag.

N wird ungebremst zur linken Seite, bergauf gedrängt, prallt dort frontal an, dreht sich innerhalb einer Schocksekunde mit seinem Porsche entgegen der ursprünglichen Fahrtrichtung und landet im rechten Abhang, ausgerechnet in einem Abschnitt ohne Leitplanke. Verhängnisvoll. Der Sportwagen rutscht immer weiter, strudelt immer tiefer und tiefer bis an eine Kiefer. Prallt frontal auf. Klonkt. Überschlägt sich längs. Glas klirrt und berstet.

Der Porsche landet schließlich wieder auf seinen Reifen. Und fängt leise an zu brennen. Kleine flackernde Flammen. Das Feuerchen erstirbt rasch wieder. Nicht wie im Film. Keine gewaltige Explosion. Bizarr. Wie geht es N? Schwer verletzt? Sofort tot? Wo ist er?

Finde einen seiner gewonnenen Zehntausenderjetons im erdigen Schmutz neben dem kalten Asphalt. Surreal. Tief versunken in wirren schreienden Gedanken stecke ich ihn ein. Sinke mit unsicheren Schritten weiter die Böschung hinab. Frisches Laub. Dunkel. Moosiger Boden. Ästchen knacken. Ein Käuzchen huhuuhuhut ununterbrochen. Unheilvoll. Todesdrohend. Schauerlich, finde ich ihn. Einige Meter oberhalb des Wracks. Irgendwie ist er aus seinem Auto gefallen. Geschleudert. Nicht angeschnallt gewesen? Seine beiden Beine sind unnatürlich vom Rumpf abgewinkelt und verdreht. Auf dem Rücken, auf einem felsigem Abschnitt liegend. Beuge mich zu ihm. Im Dunkel ist nur ein kleiner blutiger Striemen auf der linken Wange zu erkennen. Er röchelt. Atmet schwer. Kein Wunder! Seine rechte Hand will mich packen. Schnappt wütend und kraftlos zugleich nach mir. Erschöpft lässt er sie sinken. Was kann ich hier überhaupt tun? Kann mich selbst kaum orientieren. Sehen seine Augen mich an? Ist da noch ein Funken? Ein Blitzen? Was, wenn er mich beschuldigt, ihn von der Straße gedrängt zu haben. Ihn abgeschossen zu haben. Was tun? So schießt es mir drohend heiß durch meinen hämmernden Kopf. ---

Erschüttert. Zitternd. Übergebe mich, kaum oben angekommen, neben meinem warnblinkenden Audi in mehreren unergiebigen Schwällen wie ein hoffnungsloser struppiger Straßenköter ins dornige Gebüsch. Gebrochen. Kraftlos. Ächzend. Innerer Aufruhr. Äußere Stille. Keine anderen Autos. Das Käuzchen verstummt. Totenstille. Kein Wind mehr zu spüren. Kein Lufthauch. Alles steht still. Bewege mich mechanisch. So ist es also, wenn man *wirklich* paralysiert und schockiert ist. *Wahnsinn*.

Bin an Ds Wohnung. Niemand öffnet. Erstarrt. Die Haustürklingel ausgeschaltet? Sind die beiden über das Wochenende verreist? Versuche D von mir daheim aus anzurufen. Zögerlich. Zitternd drehe ich die Wählscheibe. Verwähle mich zuerst, weil ich die letzte der vier Ziffern der kurzen Rufnummer nicht weit genug ausgedreht hatte. Auch im nächsten Versuch: niemand hebt ab. Kein Anrufbeantworter.

Es ist schon wieder hell. Acht Uhr. Bei S in MEM[36] mitten in der Nacht. Zeitverschiebung. Anrufen bei ihr sinnlos. Bin aus der Fassung. Vernünftigerweise eine Sekunde hinlegen und etwas ausruhen. Ein unbestimmtes Gefühl.

Erinnere mich. Vorher zurück gefahren. Wollte wohl an der Tankstelle Geroldsau Hilfe holen. Komme an einer Bäckerei vorbei: der viel zu späte verschüchterte Notruf: Notarzt, Feuerwehr, Polizei. Völ-

---

36 Memphis

lig verkehrte Reihenfolge. Im Nieder-
schreiben. Gedanken gehen quer. Ich stehe
neben mir. Ich sehe von außen auf diesen
Mann, der das alles gerade erlebt. Der
diese bestürzende Porsche-Psycho-Rallye
gerade schreibt. Das bin nicht *ich*.

Leider doch. Aber das darf nicht <u>wahr</u>
sein! Das kann nicht wahr sein. Fassungs-
los. "Herr, mach´, daß alles nur ein
böser Traum ist! So etwas passiert mir
nicht!"

Ein Leben ausgelöscht.

Kapitel 7

Sonntag 30. November 86
Erster Advent

Erster Frost. Tiefer Trübsinn. Meine einzige und letzte *Hoffnung* auf Halt, kongruent zum Advent, ist die erwartete Ankunft von S in drei Wochen. Wieder Modern Talkings schnulziger Liedtext: *You 're my heart, you're my soul*[37]. Viel zu spät registriert mein melancholisches Wachbewußtsein den Song, da ertönt bereits die Strophe, *bleibe in meinem Traum*, mir wird übel. Übergebe mich auf der Stelle. Immer noch keine Kraft, das Radiogerät auszuschalten. Der gutgelaunte Moderator erwähnt, die Lyrics seien von Dieter Bohlen unter seinem Pseudonym *Steve Benson* geschrieben worden. Sollte/n jemals mein Roman und/oder diese Memoiren

---

37 Lyrics: Dieter Bohlen (1984)

veröffentlicht werden, benötige ich dann dringend einen auch Decknamen. Es sei denn, ich kann das ausbaufähige sprachliche Niveau steigern, und vor allem, die traumatisch-tragische Handlung noch ins - <u>illusorisch</u> - Positive wenden.

Cary Grant. Gestern. Jetzt auch tot. *Der unsichtbare Dritte. Berüchtigter* Nepomuk - *Born to be Bad* - *im Wunderland. Wer ist Zeuge der Anklage?* Will immer wieder schreien: *Nicht so schnell, mein Junge.*

Und Mike Tyson seit acht Tagen wirklich jüngster Weltmeister im Schwergewicht. Hätte der, oder Nepomuk mich lieber mal an jenem Abend im Casino-Foyer-Tumult k.o. geboxt.

Vor meinem inneren Auge gehe ich immer wieder das Geschehen vom Verlassen der Spielbank bis zum Betreten meiner Maisonette durch. Vor und zurück. Auf der Suche nach übersehenen Details. In verstörender Zeitlupen-Endlosschleife. Was habe ich falsch gemacht? Mein Gewissen läßt mir keinen Schlaf. Eine Ursache führt unweigerlich zur nächsten. *Conditio sine qua non.* Eine Kette von Fehlern. Begonnen damit, Nepomuk vermessen Vorschriften machen zu wollen. Mich auf ein nächtliches Rennen eingelassen. Verzweifelt. Ihn vermutlich dabei *unfreiwillig* abgedrängt ...

Unlustige Ironie: meine eigentliche feige Übervorsicht wurde ins krasse Gegenteil verkehrt: Nepomuks Handlungen lösten bei mir Neid-, Wut-, Haß-, Rache- und Panikgefühle aus. Mit verheerendem Resultat. Jede Vernunft über Bord geworfen. Und wie im Rausch. Viel zu schnell gefahren? Könnte noch früher ansetzen. Schon der Besuch im Casino widerstrebte mir bereits. War die erste, zwar nicht moralisch, aber doch traurig kausale Fehlhandlung. Hätte ich auf meinen waschlappig-unschlüssigen Widerwillen gehört!

Kann es nicht glauben. Ab sofort keine unerwünschten Anrufe mehr. Von Nepomuk. Stattdessen rief heute mehrfach die Polizei an.

Halb acht abends. Den Anrufbeantworter abgehört. Eben. Auf der Dienststelle zurückgerufen. Der teilnahmslose Beamte am Hörer ist nicht im Bild, weiß nicht, worum es geht. Solle nächsten Morgen noch mal den zuständigen Kollegen anrufen. Was mich immer noch wundert, ist, daß die Polizei nur meine Aussage aufgenommen hat: sei ihm aus Sorge wegen seines vorausgegangenen Champagnerkonsums nachgefahren. Er wollte ja nach dem Casino zum Mummelsee. Den verunfallten Porsche unterhalb der Landstraße gesehen. Alles ohne bohrende Rückfragen protokolliert. Lapidar. Keine Auflagen. Es gab ja zwischen Nepomuk und mir auch *keinen* Streit. *Keine* Raserei. *Kein* illegales Rennen ...

Komischerweise auch null Spuren an der Front meines Audis. Zumindest keine des Porsche. Dafür habe ich noch in jener Nacht hastig die erbärmlichen Überreste eines abscheulichen Eichhörnchens mit dem Handbesen abgeschabt. Es hatte sich anscheinend von mir unbemerkt durch einen

Sprung vor mein Auto suizidiert und blieb unterhalb der Kunststoffstoßstange an der Abschlepphakenöse hängen.

Erwarte aufgrund dieser fast trügerischen Ruhe, daß bereits *im Geheimen* Ermittlungen gegen mich erfolgen. Und erwarte täglich, daß die StA mich vorladen werde.

Kopflos. Bei jedem Telefonklingeln: rasendes Herzklopfen. Bebend-lähmende Angst, abzuheben: Düsteres Vorgefühl: Polizei? Oder jemand aus Nepomuks Familie mit wütenden Vorwürfen? *Die* wissen immerhin von der verhängnisvollen Raserei. Der vorausgegangenen Meinungsverschiedenheit und dem kleinen Handgemenge in der Spielbank. Dummerweise mich verwirrt verplappert. Der *Kolumbianer*? Auf jedes unangekündigte Türklingeln öffne ich nicht. Psychotisch? Durcheinander!

Erfahren, daß Nepomuks Leichnam freigegeben worden sei; (*keine!* Spuren von Fremdeinwirkung) beerdigt werden könne. Die Familie hat mir nicht mitgeteilt, wann und wo. D knurrt am Telefon kurz und knapp angebunden, "melde mich noch mal". Klingt schwer angeschlagen. Spricht ganz langsam. Mit leiser Stimme. Sein eigentlich erstklassiges, an guten Tagen fast akzentfreies Deutsch, ist einem kaum zu verstehenden gebrochenen gewichen. Gebrochener Mann. Totaler Schock. Verständlich. Versuche kläglich, mein Beileid und Mitgefühl auszudrücken. Gescheitert. Mir fehlen die richtigen Worte. Worte überhaupt.

Später kein Kontakt mehr zu D. D meldet sich nicht auf meine Anrufe. Nepomuks Mutter am Telefon offenbar extrem verwirrt. Schlimm. Sagt nur "ja-ja, Nepomuk kommt bald wieder heim." Heim; er wohnte schon zu Lebzeiten die meiste Zeit *Im Paradies*. In der so, zu recht benannten Straße an der klassischen Wasserkunstparkanlage. In einer, seinen Eltern gehörenden Zweizimmer-Zweitwohnung. Sehr geräumig. Ich im wenig mondänen Vorort in einer unscheinbaren Maisonette. Dafür be-

quem zufuß zum Einkaufen, mit dem Auto
wenige Minuten zum AG[38] und zur Kanzlei
nach KA, schnell zum Casino und angenehm
kurze Distanz zur Rennbahn in Iffezheim.
Nur jetzt nicht. Mehr. Bei tiefstehender
Sonne, morgens, nachmittags und in der
herbstlichen Dämmerung sehe ich nochmals
schlechter. Meine Augen verkrampfen ange-
strengt. Fühle mich von jedem Gegenverkehr irritierend geblendet. Hände verkrampfen. Meine Finger umklammern hart
das dürre Plastiklenkrad. Bis meine Knö-
chel weiß hervortreten. Erst nach einigen
Minuten fällt mir meine ungesunde Haltung
auf: schief und starr sitze ich auf dem
Teddy-Velours. Nacken steif. Atmung flach
nur im oberen Brustkorb. Blicke nur aus
den Augenwinkeln in die Außenspiegel. Den
Innenspiegel habe ich in der Abblendpo-
sition komplett nach rechts verdreht, daß
mich kein Scheinwerfer ablenken möge.
Erst als die enge Beklemmung übergroß
wird, zwinge ich mich. Durchzuatmen. Da-

---

38 Amtsgericht

gegen zu kämpfen. Aufsteigende Panik zu besiegen. Oder besser nicht kämpfen und *einfach* locker und los zu lassen. So gut es eben geht.

Erinnere mich vom Mittagessen nur noch ans Dessert: Grieß-Vanille-Pudding mit viel Sahne. Jetzt im Kühlschrank ein angebrochenes Glas Antipasti, eingelegte Paprika. Keine Ahnung von wann? Noch von *davorher*? Erfinde noch mehr neue Worte.

Eine Woche keine Wäsche gewaschen oder in die Reinigung gebracht. Dort warten noch fünf Hemden auf Abholung. Meine weißen getragenen: übereinander auf dem Sessel abgelegt. Ach, zwei Krawatten zum Wechseln hängen in der Kanzlei.

Kapitel 8

Samstag 20. Dezember 86

Vier Pfund weniger werden angezeigt
auf der Soehnle-Waage. Niedergedrückt.
Der seelische Streß. Das angebotene Mit-
tagstisch-Menü, die badisch-algerische
Variation einer Rindfleisch-Speck-Bohnen-
suppe mit Kartoffeln, kombiniert mit Reibekuchen. Im Anschluß einfacher Streusel-
kuchen. Nur die Reibekuchen aufgegessen.
Freudlos. Kann nicht genießen. Juna
schaut mich mit ihrem offenen Gesicht
voller Zweifel fragend an, murmelt zum
Glück aber nichts für mich verständ-
liches. Dazu kommt: noch weniger Zeit für
Pause. Kann mich am Schreibtisch nur mit
höchster Kraftanstrengung minimal konzen-
trieren.

Gestern wurde § 129a StGB durch das
Terrorismusbekämpfungsgesetz verschärft.

Zum 01.01.1987. Ob die neuen Katalog-
straftaten und die Kompetenzerweiterungen
für die Generalbundesanwaltschaft und die
OLG im Kampf gegen die wahnsinnige *RAF* so
viel ausrichten werden? Aber was ist
schon Wahnsinn?

Normal wäre: mein Interesse an den
mutmaßlichen Auswirkungen der Gesetzes-
änderung. Normal für mich wäre: jede Berichterstattung aufzusaugen zu Krisen,
Affären, Bedrohungen des Rechtsstaats,
Terror ... Persönlicher Horror-Terror hat
mich ganz nah eingeholt. Intensiv. Und
Deprimierend.

Gestern außerdem mit Maria telefoniert. Nach ihrem Brief aus Monte Carlo.
Darin sie mich um Gespräch gebeten. Rief
mich prompt wie angekündigt an. Sie tut
so sehr verständnisvoll. Als sei alles
sogar schwerer für mich. Und sie nur die
unbeteiligte Außenstehende. Vertauschte
Rollen! Sie hatte ein paar Fragen (vorgeschoben?), wie es nun in der *Nachlaßge-
schichte* ihres Bruders weitergehe? Wie

der normale Ablauf bei sowas sei. Wer sich um was kümmern solle? Erzählt davon, daß Nepomuk schon vor Jahren zu ihr meinte, er werde sicher nicht alt. M[39], in ihrer erschreckend direkten Art: "genau dieses Gefühl, daß Nepomuk, so wie er lebt, so wie er lebte, das bekam, das hat, was er wollte. Und vielleicht jetzt *final* das hat, was er eigentlich *immer* wollte?! Dort ist, wo er immer hin wollte? Klingt das verrückt?!". Bin jedenfalls erleichtert, daß sie es so scheinbar oberflächlich und unglaublich nüchtern, als von ihm und vom *Schicksal* gewollt interpretiert. Kann das sein?

Abend: In mir dreht sich alles. Kopf und Magen. Wie nach der Weihnachtsfeier in der Kanzlei. Jetzt und damals. Null Promille. Trotzdem Migräne und Flaue. Vom Büffet-Sorbet? Vom Geschwafel? Der unbeschwert stumpfsinnigen und frech-dreist kichernden Lehrmädchen. Was wollten sie?

39 Maria

Mir sagen ihre Mimiken und Worte nichts. Die Bürovorsteherin, leider oder zum Glück, vom alten Chef absorbiert. Schweife selbst ab. Kann kraftlos meine Gedanken nur notdürftig sortieren. Früher hat das so gut funktioniert. Habe ich so gut funktioniert. Abhilfe- und Abschaltmittel der Wahl: Angeln. Stundenlang. Allein. Wann war ich zuletzt am See?

Vorhin kurze Nachricht erhalten. S kommt doch nicht aus MEM über die Feiertage nach Hause. Zumindest nicht zu mir. Kann nicht glauben, daß sie nicht wenigstens, wie jedes Jahr, die Tage rund um den trüben Jahreswechsel auf dem elterlichen Weingut zusammen mit ihrer Großfamilie verbringen wird.

Daß wir letztes Jahr noch nicht zusammengezogen sind: Fehler? Unverbindlichkeit statt Vermählung. Falsch? USA-Entsendung statt Schwarzwaldidyll. Besser?

Ihre Wohnung in einem renovierten, dreihundert Jahre alten Nebengebäude. Wirtschaftsräume, zum offenen Loft fast ohne Wände, nur mit alten, freigelegten Holzquerbalken um- und ausgebaut.

Denke, sollte einfach dort vorbei fahren. In den Audi gestiegen. Gestartet. Nach wenigen Minuten fast keine Luft mehr bekommen. Werde immer langsamer. Hupend und aufblendend der nachfolgende Verkehr. Klammere mich wieder am rettenden Lenkrad fest. Der Lkw hinter mir blendet erneut auf. Selbst im zur Seite gedrehten Innenspiegel treffen, mich terrorisierend, die blitzenden Lichtreflexe meine roten Augen. Warnblinker an. Zur Seite. Äußerst knapp zieht der Lastzug für frische Schwarzwaldmilch an meinem roten Audi vorbei. Wütend (ist das überhaupt das richtige Wort für dieses Gefühl? Was sind meine Emotionen?) packe ich den Innenspiegel, um ihn, so gut es geht, weit nach oben und noch weiter zur Seite zu klappen. Da halte ich ihn tatsächlich samt Halterung in der rechten Hand. Der Fabrikkleber innen an der Windschutzscheibe gibt nach. Meine Kraft trifft auf wenig Widerstand und Gegenwehr. Atme tief aus. Das eben noch aufsteigende Panikgefühl ebbt allmählich ab. Mein Herz rast. Mein Auto steht. Ungute Stelle. Vor einer Kurve. Weiß gar nicht, wo genau ich bin. Fahre zur nächsten Abbiegung, drehe dort, werfe den Innenspiegel aus der heruntergekurbelten Seitenschiebe ins düstere Gebüsch und finde mit zittrigen Knien den Weg zurück nachhause. Sicher.

Denke, ich sollte nicht mehr einfach so bei ihr vorbei fahren. Nicht in der Dunkelheit. Überhaupt nicht. Denke jetzt Minuten im Kreis. Denke weltfremd, "Na los, belüg' mich! Sag' mir, daß du mich liebst. Sag mir, daß ich der einzige bin." Denke tiefbetrübt, wie rasch einmal ausgesprochene Worte farblos werden und verblassen können. Denke dabei erschöpft und unwillkürlich an Depeche Modes *Lie to Me*[40]. Denke nicht weiter nach.

Super-GAU.

---

40 Lyrics: Martin Gore (1984)

TEIL

B

Kapitel 9

Sonntag 21. Dezember 86
Vierter Advent

Ich habe gerade den schrecklichsten Monat meines gesamten Erwachsenenlebens hinter mir. SWF3 sendet Boney Ms *Little Drummer Boy*, als mich die nächste große dramatische Hiobsbotschaft trifft.

Aufgelöst ruft M an. Endlich erreiche sie mich. Ihr Vater D liege seit gestern in der Klinik auf der Intensivstation. Schlimmer Schlaganfall! Es sehe nicht hoffnungsvoll aus. Pessimistisch. Mit dieser bestürzenden Folgekatastrophe habe ich nicht gerechnet. Das weitere scheinbar unaufhaltsame Verderben packt mich völlig unvorbereitet. Mein Gehirn schaltet in seinen archaischen Notmodus.

Jetzt mehr als irrelevante Gedankenfragmente tauchen blitzartig auf. Aus unbewußten Tiefen? Woher auch immer? Daß Nepomuks Vater eigentlich im Frühling mit seiner Frau eine Genußtour über die Alpen an die Côte d'Azur plante. Im weiteren Verlauf, die Riviera entlang nach Monte Carlo. Zu M. Den Sommer in Nizza in der Nähe seiner Tochter verbringen. Wegen der bevorstehenden Geburt seines ersten Enkelkindes.

Stattdessen, hoffnungslos vom Gram gebrochen? D sollte eigentlich die freien Tage mit seiner ganzen Familie genießen. Alle lebendig. Und jetzt?! D im Hospital. Ringt um sein Leben. Beklemmendes Desaster. Weltschmerz.

Belanglose Einzelheiten kommen mir in den Sinn: Als Nachfolger seines weißen Saab 99 und dem anschließenden wieder uni-weißen Klischee-Saab 900, bestellte D sich den frisch vorgestellten, nicht weit weniger arztstereotypen - die Realität ist manchmal eine Satire auf sich selbst - 911 Carrera Cabriolet. Den Porsche hat er sich nun doch schon, und nicht wie ursprünglich geplant, erst zur Pensionierung liefern lassen. Grandprixweiß uni. Passend zu seinen mittellangen, schneehasenweißen Haaren. Ausgestattet ist das Cabrio mit blauem Leder und marineblauem Verdeck, dazu schwarze Felgen-*Füchse*. Amüsiert gab D die Anekdote zum besten, daß er sich vom viel zu jungen, viel zu schnöselhaften und viel zu inkompetenten Verkäufer, der den Senior der Niederlassung vertrat, den Riesenspoiler des Turbomodells nicht aufschwatzen ließ, obschon das Ungetüm *gern genommen* würde.

Beinahe hätte er sich wegen des Verkäufers aus der *jungen Brut* noch umentschieden und, dem sehnlichen Wunsch seiner Ehefrau entsprechend, einen mondänen Mercedes-Benz 500 SL gewählt.

Wie alles mit D begann? In der Warteschlange vor einem der Wettschalter in Iffezheim. In den Sechzigern. D fragte mich, ob ich mich mit den verschiedenen Arten der Wettkombinationen auskenne. Sieg- und Platzwette konnte ich hoffentlich halbwegs richtig erklären. Bei irgendwelchen Variationen, variablen Wettquoten und bedingten Wahrscheinlichkeiten war ich mir zu unsicher. Viel zu jung? Viel zu schnöselhaft? Dem damals schon älteren Herren bei eigener völliger Ahnungslosigkeit etwas selbstsicher zu erzählen, verbaten mir seine autoritäre Frisur, seine aristokratische Nase, vor allem aber sein strenger Blick aus winzigen, tiefliegenden hellblauen Augen.

"Das hörende Ohr und das sehende Auge, Jehova hat sie alle beide gemacht."[41]

Meine ängstliche Schüchternheit konnte ihm nicht verborgen geblieben sein. Beruhigend gemeint, mich allerdings nur noch mehr verunsichernd, wies er mich mit erhobenem rechten Zeigefinger darauf hin, daß er immer alles detailliert prüfe, bevor er handle:

---

41 Sprüche 20, 12 (Elberfelder Bibel 1905)

"Der Einfältige glaubt jedem Worte, aber der Kluge merkt auf seine Schritte."[42]

Und schon war das Warten am Wettschalter beendet. Von Attila, Goldbube und dem Kronzeugen habe ich, glaube ich, bereits in einem der frühen Einträge geschrieben? Der zweite gemeinsame, diesmal verabredete Besuch auf einer Pferderennbahn führte in die herbstliche saarländische Provinz nach Güdingen, oder war es doch schon in Frankreich? Bei Abgabe seiner nächsten Wette legte er zur Überprüfung seine Wettscheine vom vorausgegangenen Tagesrennen der Schalterdame vor. Kann mich nicht mehr an die exakten Namen erinnern, jedenfalls gewann der haushohe Favorit, nennen wir ihn, den achtjährigen *Enduring Mayday* mit drei Längen Vorsprung vor dem mutmaßlich bayrischen Außenseiterneuling *Hallelujah* und dem eventuell französischen Vorjahressieger *Magic Mystery*. Glück oder Zufall?

---

42 Sprüche 14, 15 (Elberfelder Bibel 1905)

Aus Versehen hatte D genau diese unwahrscheinliche Kombination markiert und durfte nun bei einer Quote von weit über Einhundert zu eins eine *ordentliche, nette, hübsche* vierstellige Summe auf seinen Einsatz von immerhin zehn Mark kassieren. Was für ein unverhoffter und dabei fast unbemerkt gebliebener Gewinn. Als "Belohnung" dafür, und in der Hoffnung, ein Glücksbringer für den nächsten Lauf und die nächste Wette zu sein, wurde ich zu einem weiteren Glas Champagner eingeladen. Unsere Tips auf das letzte Rennen waren Nieten. Unser Sieganwärter *Guten Morgen* kam schlecht aus der Box und fand bis zum Ende nicht in seinen Rhythmus. Der Weg nach vorne versperrt durch ein fortlaufendes Gerangel mit ständigen Spurwechseln im Mittelfeld zwischen dem alten Hasen *Ramses Junior* in seinem letzten Rennen und dem dunkelbraunen *Moses* mit seinem unerfahrenen Jockey im wild gelb/blau-karierten Jersey. Kopf an Kopf passierten *Perfect Son* vor *Champagne II* im Fotofinish den Zielstrich. Die von ihm und mir jeweils gesetzten fünfzig Mark Wetteinsatz verloren. Aber eine bis heute andauernde Bekanntschaft und vielleicht - jedenfalls bis vor kurzem - sogar echte Freundschaft zur Familie fanden ihren Start an diesen beiden Sonntagen auf den südwestdeutschen Galopprennbahnen. Irgendwo zwischen Start- und Wettboxen.

Ds Frau, ursprünglich aus der Tschechoslowakei mit böhmischen Vorfahren stammend, eine reine Hausfrau, mit erheblichem, ererbten Vermögen fand diese Nachmittage als Familienausflüge herrlich fantastisch. Das *grandiose* Spektakel faszinierte sie, im selben Atemzug verurteilte sie die oberflächlichen Orte und das flüchtige Vergnügen.

Kompatibel, wenn schon nicht zu meiner schwermütigen Stimmung, so zumindest zu diesen, mehr als zwanzig Jahre zurückliegenden Pferderennszenen ertastet die Plattenspielernadel die, in den Rillen kodierten hohen Stimmen, unterlegt mit

den Synthesizer-New-Wave-Klängen von Depeche Modes Gesamtkunstwerk *Everything
Counts*[43].

Ebendies schien die <u>Quintessenz</u> des
wortlosen Deals - Wochen später - allein
besiegelt durch den durchdringenden ste-
chenden Blick aus zwei eisblauen Augen,
verbunden mit einem unerwartet, und daher als ungewöhnlich schraubstock-klam-
merhart empfundenen Händedruck gewesen zu
sein:

"Eisen wird scharf durch Eisen,

und ein Mann schärft das Angesicht

des anderen."[44]

Ein unausgesprochenes, aber überdeut-
liches: "Hab´ ein Auge auf meinen unbe-
herrschten Sohn", das männliche von zwei
schwarzen Nachwuchsschafen in der Familie, bei zwei Kindern insgesamt, "und ich
werde sehen, was ich" *als guter Hirte*

---

43 Lyrics: Martin Gore (1983)
44 Sprüche 27, 17 (Elberfelder Bibel 1905) und eines
   von Ds Leitmotiven

"mit meinen Kontakten und meinem Einfluß
für deine weitere berufliche Karriere tun
kann."

Zum Abschied, damals sein, mit noch
starkem Akzent an mich gerichteter, gut
gemeinter Rat; sinngemäß, daß ich auf
meine Gedanken und Gefühle achten solle,
weil diese über meine Zukunft, mein
Schicksal entscheiden. Das ist mir immer
noch präsent. Wegen der schwülstig-skur-
rilen Sprache:

"Behüte dein Herz mehr als alles,

was zu bewahren ist;

denn von ihm aus

sind die Ausgänge des Lebens."[45]

Kurzer Nachtrag: Ds Zustand hat sich
Weihnachten merklich gebessert. Der alte
Psycho-Arzt: anscheinend guter Leidens-
Dinge? Leidvolles Kämpfen und Selbstdis-
ziplin bis zum Ende!

Mein Besuch, unerwünscht.

---

45 Sprüche 4, 23 (Elberfelder Bibel 1905)

Kapitel 10

Dienstag 30. Dezember 86

Heute knappe Notiz: morgen Silvester. Froh darüber. Dieses Jahr ging es rauf und runter. Meist runter. Vor allem, seit ich vierzig bin.

Sorge vor solchen, in den Kalender einschneidenden Feiertagen normalerweise für eine mehr als nur oberflächlich aufgeräumte Wohnung: die Wäsche waschen und ihren Kategorien entsprechend, ordentlich gefaltet in die Schränke einsortieren. Keine ungeöffneten, unbeantworteten Briefe. Keine unerledigten Rechnungen. Kurz: es sollte alles in guter Ordnung sein. Dieses Jahr ist alles anders.

Eher Feierabend gemacht. In der Kanzlei Unwohlsein vorgeschoben. Und jetzt tatsächlich beklemmendes Gefühl im Bauch. Am Rostbraten mit goldbraunen Zwiebeln und Bubenspitzle kann es nicht liegen. Eigentlich. Am Kakao-Schmandkuchen mit dunkler Schokoglasur auch nicht. Mein Bauch hält das regelmäßig unbeschadet aus.

Vierzehn Uhr. Versuche etwas auszuruhen. Lege mich hin. Schlafe nachts kaum. Bin gefühlt ganze Nächte lang wach. Ein paar Regentropfen klopfen aufs Dach. Desolat.

Später: Der Feind greift hinterrücks wieder an. Geweckt durch ewig langes Telefonklingeln. Immer wieder. Im Abstand von Minuten. Es ist M.

Dragan letzte Nacht gestorben. (So wie der alte Staatsmann und ehemalige britische Premier Macmillan.) Fast genau sechs Wochen nach Nepomuk. Zunächst verschlechterte sich Dragans Zustand stark. Nach einer Not-OP dann Koma. Nicht mehr aufgewacht. Bin geschockt. Bestürzt. Obwohl damit zu rechnen war. Es zieht mir regelrecht den Boden unter den Füßen weg. Auf dem Stuhl sitzend. Ein neuer tieferer Tiefpunkt. Eine neue krasse Katastrophe. Konsterniert. Ein endloser Alptraum? Warum nur?

M, Ende Zwanzig, fünf Jahre jünger als Nepomuk, ist, wenn ich mich richtig erinnere, mit diesem kolumbianischen *Geschäftsmann* verheiratet. Heimliche Hochzeit. Dritte Ehe für den Kolumbianer? War es Dragan, der mir erzählte, daß sein Schwiegersohn mindestens zwanzig, fünfundzwanzig Jahre älter als seine Tochter sei, und, als dieser heißblütige südamerikanische *Wüterich* sie kennenlernte, angeblich gerade erst, nach mehreren Jahren Haft, aus dem Zuchthaus kam? Demnach wäre ihr Scarface-*Kolumbianer* jetzt um die fünfzig.

M bleibt voraussichtlich noch eine Woche. Allein? Damals hat sie eine Lehrstelle zur Krankenschwester angefangen, bald darauf - warum eigentlich? - hitzköpfig und kurzerhand abgebrochen. Lebt seit fast zehn Jahren in Monte Carlo.

Will sich jetzt um alles Notwendige kümmern. Ihre größte Sorge gilt der Versorgung ihrer vergeßlichen Mutter. Die ist mittlerweile so senil, daß sie von den beiden miteinander konfus verkoppelten Dramen dank ihres, neuerdings wieder kindlichen Gemüts absolut *nichts* mitbekommt. Sie wartet, Tag für Tag aufs Neue, daß ihr Mann aus dem Krankenhaus - von seiner Arbeit! - nach Hause, und der Junge sie besuchen komme. Er sei ja noch am Sonntag da gewesen und wolle schon bald wieder zurück sein. Die Mutter weilt in ihrer eigenen, heilen Welt. Geschützt vor einem ansonsten unausweichlichen Nervenzusammenbruch.

Gibt es etwas, das mich aus meiner bedrückenden Zwangslage befreien wird? Aus einer miserablen Zwangslage, in die ich mich allein hineinmanövriert habe. Gibt es etwas, das mich etwas hoffnungsfroher ins trübe *Neue Jahr* 1987 schauen läßt?

Kapitel 11

Donnerstag 1. Januar 87
Neujahr

Nichts. Ich habe heute den ganzen Tag nichts getan. Rein gar nichts. Ich habe nur ein bißchen Musik gehört. Jetzt hier armselige Aufzeichnungen.

Soll ich mich morgen krank melden? Ich war seit über zwei Monaten nicht mehr beim Friseur. Meine Haare sind noch nicht so lang wie früher Nepomuks. Fühlt sich aber für mich beinahe so an.

Ich bin verzweifelt. In mir brodelt es. Ich kann dieses Gefühl aber weder beschreiben. Geschweige denn rauslassen. Wie?

Ich sitze die meiste Zeit unter dem Dach. Ich weiß nicht, was ich tun soll. Wenigstens ist es nicht so kalt. Mittags fast zehn Grad warm. Sehr mild. Zum Glück hat es gestern fast den ganzen Tag leicht geregnet. Deshalb weniger Silvesterfeuerwerk als sonst. Ich kann mit diesem abgeschmackten Feierritual nun noch weniger anfangen als ohnehin schon.

Ich habe auch gestern die halbe Nacht auf dem Spitzboden Schallplatten gehört. Dunkle Gedanken rotieren endlos im Kreis. Wie schwarzes Vinyl. Niedergedrückt. Und schmerzlich wie ein permanenter Nadelstich. Ins Herz. In den Magen. Verwirrend bestürzender Kreislauf. Ursache & Wirkung. Alptraum & Wirklichkeit. Leben & Sterben.

Warum hat der Schlaf mich nicht erreicht? Oder wollte ich selbst nicht? Mit meinem alten, abgewetzten Kopfhörer über den Ohren, der alten, abgewetzten Barbour über dem alten, noch nie zweckentsprechend getragenen Skipullover und mehr als einer Flasche alten Rothschild-Rotweins im Kopf. Da keine alten finnischen Wodka-Restbestände mehr im Haus.

Aufgrund der erfreulicherweise stark

verschmutzten, halbrunden Dachluke kein Augenzeuge, kein *Kronzeuge* des Feuerwerks geworden. Der Blick auf die düsteren letzten Ausläufer des Schwarzwalds wolkenverhangen.

Würde ich behaupten, das Jahr ohne Alkohol *voll* gemacht zu haben, wäre es eine Lüge. Mein Selbstbewußtsein ist derzeit noch weniger in der Lage, selbst einen solch kleinen Selbstbetrug zu verkraften. Ehrlicher wäre es, zuzugeben, daß ich mehr und mehr in die alkoholischen Fußstapfen Nepomuks trete. Details unwichtig.

So lange mit dem Unterkörper unbewegt - nur der durchdringenden Kälte und der trübsinnigen Musik geschuldet, den Oberkörper vor und zurück bewegt - im unbequemen Schneidersitz gehockt, daß mein linkes Bein eingeschlafen ist. Beim Aufstehen habe ich mir obendrein noch mein rechtes Knie leicht verdreht. Bin vor halbtotem Taubheitsgefühl links, elektrischem Schmerz rechts und plattentellerdrehendem Schwindel fast nicht heil die schmale Stiege mit ihren versetzten Stufen zum Schlafzimmer heruntergekommen. Befürchtung, in die Tiefe zu stürzen. Nullpunkt? Gut unten angekommen.

Gut in siebenundachtzig angekommen?

Kapitel 12

Sonntag, 18. Januar 87

Erstickungsanfall. Weit nach Mitternacht. Aufgewacht. In letzter Sekunde. Im Traum hatte sich das ganze wirre Geschehen allmählich hypnotisch verlangsamt, narkotisch, bis zum selig-beruhigenden Stillstand. Nein! Blitzartig bäume ich mich auf. Stummer Schrei. Stimmlos. Endlich ausatmen. Klopfe mir mit der rechten Faust wild auf die enge Brust. Trommel. Kann nach gefühlten Minuten wieder die Luft rauslassen und dann, sofort wieder einatmen. Dicke Schweißperlen auf meiner Stirn und im Nacken. Beine wacklig, zittrig als ich mich aufwage, um einen Schluck kaltes Wasser zu trinken. Bisher mein fürchterlichster körperlicher Moment.

Tage dehnen sich endlos. Am schlimmsten sind die entsetzlich eisigen Nächte. Nicht nur heute. Bizarre Frostkälte. Sehe immer wieder den Ablauf des Abends. Vor dem Einschlafen. Wahnhaft. Unrast. Was hätte ich anders machen können? Wäre der Erfolgseintritt[46] zu verhindern gewesen? Wie? Was setzte die Kausalkette ursächlich in Gang: Wer? Wann? Warum? Wie hätte ich in dieser Situation, in diesen Situationen, im Casino, im Auto, am Unfallort anders reagieren können und müssen? In meinem Kopf trippeln die Gedanken.

Bis ich merke, dass *wirklich* oben etwas tappert. Kleine Schrittchen kralliger Pfötchen. Leicht, dennoch unüberhörbar. Muss dem unbedingt noch nachgehen.

Konstruiere alternative, abbrechende und überholende Kausalverläufe: Bin geknickt. Wäre Dragan nicht gestorben ohne den peinigenden Kummer um Nepomuk? Wäre die Mutter nicht derart in ihrer eigenen

---

46 Im Strafrecht enthält der Tatbestand eines sog. Erfolgsdelikts als Voraussetzung einen bestimmten Erfolg (z.B. die Verletzung oder den Tod eines Menschen).

konfusen Welt aus Erinnerungen gefangen, ohne den Verlust ihres Ehemanns? Hat sie den Tod ihres Mannes und ihres Sohnes *doch* realisiert? Ist ihre Senilität nur ein Schutzmechanismus ihres noch vorhandenen Verstandes vor zu heftigem Gram?

M hat sowohl meine angebotene Hilfe, als auch ein Treffen abgelehnt. Brauchen jetzt alle <u>Ruhe</u>. Zwischen M und ihren Eltern, soviel weiß ich von Nepomuk, gab es oft Spannungen. Besonders zur Mutter. Da wäre es nicht ungewöhnlich, wenn M aus Protest gegen die, streng an einen sühnenden Gott glaubenden Eltern, sich von dem alttestamentarisch-vergeltenden und Rache übenden Gott abgewandt hätte und gläubige Atheistin geworden wäre.

Immer noch, bei jedem, mit Sirene herannahenden Streifenwagen, befürchte ich neurotisch, daß dieser gleich unausweichlich anhalten, und *man* mich mitnehmen werde. Jedes Mal erleichtert und gleichzeitig ambivalent etwas enttäuscht, wenn die Staatsmacht-Obrigkeit in gleichbleibendem Tempo vorüber fährt. Wann folgt meine fällige (unausweichliche?) Bestrafung?

Rindsfrikadellchen mit Bratkartoffeln, vielleicht mein heimliches Nummer Eins Lieblingsessen, schmecken mir heute nicht und kommen mir fad und grau vor.

Sollte jemand eines Tages diese Aufzeichnungen lesen, und trotzdem auf die abwegige Idee kommen, sie verfilmen zu wollen, hier meine *Regieanweisung*: es ist unbedingt ein bordeaux-rot-brauner (Sepia-)Kameralinsenfilter zu verwenden, der alle Farbkontraste in ein erdig-beige-vergilbtes Ton-in-Ton nivelliert. *So* fühle ich mich. Jede (nicht nur optische) Sinneswahrnehmung scheint gedämpft und eingefärbt. So, wie an einem bewölkten Herbsttag der Blick durch meine getönte Persol. Mein Tastsinn ist wie in Watte gepackt, meine Ohren nehmen Töne leicht gedämmt und gedämpft wahr. Als wanderte ich durch eine permanente Traumwelt.

Ungeheuer positiver, ungeheuer belangloser funky-soul Song. Unpassend. Trotzdem. Und genau deshalb jetzt ein Ohrwurm. Macht mich aggressiv.

Weigere mich, mich mit den Lyrics von Boney Ms Song *Bahama Mama* eingehender zu beschäftigen.

Nachmittags: Mal unten am Briefkasten gewesen: auf den weißen, fensterlosen Umschlag ist eine Christine-Teusch-Fünfzig-Pfennig-Marke der Bundespost aufgeklebt. Die maschinengeschriebene Botschaft von S: Früher so theatralisch, fast bösartig eifersüchtig, dann sich selbst abgewendet und jetzt? Nur noch dünne papierne Worte übrig - oder kommt da noch was? Ihre Auslandsabordnung sei vorerst bis Ende Siebenundachtzig verlängert. Das Leben in MEM als expatriate tue ihr gut. Tja. Erinnere mich an Dragans augenzwinkernd zum besten gegebene Lebensweisheit:

"Besser ist es,
auf einer Dachecke zu wohnen,

als ein zänkisches Weib

und ein gemeinsames Haus."[47]

Baut mich auch nicht auf. Was ist angemessener als Modern Talkings fröhlich-heiterer Trennungssong *Atlantis Is Calling (S.O.S. For Love)*?[48] Jetzt der protestierende New Wave Computersound von Tears for Fears: *Shout!*[49] Kraftvoller Refrain. Verbunden mit der, in der Strophe verpackten, verstörenden Aufforderung, alles rauszulassen. Alles zu verabschieden: sowohl eindimensionales Denken, als auch monotones Arbeiten.

Wehre es ab, mein alles verneinendes Leid zu akzeptieren. Allein, wie kann ich es bewältigen?

---

47 Sprüche 21, 9 (Elberfelder Bibel 1905)
48 Lyrics: Dieter Bohlen (1986)
49 Lyrics: Ian Stanley, Roland Orzabal (1984)

Kapitel 13

<u>OBK[50], Sonntag, 25. Januar 87</u>

Handschriftliche Notizen des obigen Datums aus dem schwarzen Moleskine zuhause per Olivetti-Reiseschreibmaschine auf reinweißes DIN A4 Papier übertragen. ~~Sch.../~~PC20 noch defekt. Nicht mehr ganz so kalt.

Oberkorn (It´s a Small Town) ist nicht nur die unheilvoll niedergedrückt klingende B-Seite, die vielleicht exemplarisch am anschaulichsten den Beginn der düsteren Bandphase markiert; und damit der denkbar krasseste Gegensatz zur heiteren Single A-Seite *The Meaning of Love* von Depeche Mode. *Oberkorn* versetzte mich schon beim allerersten Hören in tiefe Trance. Nein, *Oberkorn* ist nicht nur ein

---

50 Oberkorn: Dorf, nahe Esch/Alzette im sog. Dreiländereck

Instrumentalstück. Sondern dieses, auch etwas hügelige, aber im Vergleich zu Baden-Baden mir doch merklich kühler und schneewittchenähnlicher, tiefschlaf-vernachlässigter erscheinende OBK ist auch seit vorgestern Abend mein nihilistischer Aufenthaltsort.

Wäre ich nur nicht so unbeschreiblich unglücklich, niedergeschlagen deprimiert! Nein, ich plane derzeit noch keinen Suizid vor laufender Kamera wie Budd Dwyer[51] - würde ich die Ironie, jetzt ausgerechnet an diesem - von meiner Lieblingsband mit dieser ausgesprochen melancholischen Hommage gewürdigten - Ort zu sein, zu schätzen wissen, könnte ich darüber lachen.

Von Dwyer herüber zu Bundeskanzler Dr. Kohl ist zumindest rhetorisch - bei allen offenkundigen Gegensätzlichkeiten - nur ein winzig kleiner Schritt: Ausgerechnet Ivy hat es geschafft, daß ich zum ersten

---

51 US-Politikers erschoss sich am 22.01.1987 auf
   Pressekonferenz

Mal überhaupt meiner Wähler-Bürgerpflicht[52] nicht nachgekommen bin. Selbst 1980, als ich zuletzt so richtig bettlägrig krank war, war es mir wichtiger, Franz Josef Strauß im Kampf ums Bonner Kanzleramt zu unterstützen, als meine Gesundheit zu schonen. Das eine ist gerade noch mal gut gegangen, das andere hat leider nicht gereicht: den selbstgefälligen sozialdemokratischen Selbstdarsteller Helmut Schmidt zu vertreiben. Der andere Helmut[53] wird heute dennoch höchstwahrscheinlich auch ohne meine verstummte Stimme im Amt wiedergewählt werden.

Exkurs: Ende. Zurück zur Exkursion nach Oberkorn und zurück zu Depeche Mode. Vor vier oder fünf Jahren hatten Depeche Mode ein Konzert gespielt im *Paradiso*. Klingt wie ein billig-Swinger-XXXXXBordell, ist aber der einzige kleine Club des Orts. An diesem sicher bemerkenswerten Abend hätte ich Ivy gerne kennenge-

---

52 Bundestagswahl 1987 am 25.Januar
53 Dr. Kohl

lernt. Habe leider erst einige Wochen später von dieser singulären Konzertgelegenheit erfahren. Stattdessen traf sie dort ihren jetzigen, inzwischen schon wieder von ihr getrennt lebenden, noch nicht geschiedenen Ehemann. Lebenslustige Ivy.

War es nur ein Traum? Zuhause in RA schlafe ich schlecht. Träume viel wirres Zeug. Greife nach meiner neuen Armbanduhr, die auf dem Teppichboden liegt. Ein Klick. Ein Schub. Eine Drehung. Ein Einrasten: das beste an meiner neuen Uhr. Man kann das Gehäuse wenden. Die Zifferblattseite verschwinden lassen. Und mit ihr die Zeit. Jetzt erscheint sie wieder ablesbar: acht nach zehn. Klassische Uhrenreklame-Uhrzeit. Sie schon lange in der Schule. Also kein Traum. Erinnere mich an fast keine Träume aus den Nächten hier in OBK. Nur dieser eine, intensive: Bin wieder Schüler. Oberstufe. Werde ich überhaupt das Abitur schaffen? Es drohen zwei *ungenügend*: in Sport und Religion.

Wegen fortgesetzten Blaumachens. Und ein *mangelhaft* in Deutsch. Dabei bin ich im Traum schon dieser vierzigjährige Anwalt, wieder oder noch auf der Schulbank – nur ohne diese Reifeprüfung. Träume von arg strengem Deutschlehrer, korrekter Silbentrennung und Kommasetzung. Zum Glück sind diese leidigen Faktoren bei diesen geheimen Tagebuchgedanken völlig irrelevant. Ein einziges Gedankengetümmel. Immerhin keine Schwarzwald-Alpträume. Sowohl der moralische Richter: Goldbube-Nepomuk, als auch der stumme Ankläger: Attila-Dragan sind mir nicht bis hierher gefolgt. Noch nicht. Haben mich noch nicht in meinen Nächten eingeholt.

Vor zwei Wochen rief Ivy an. Was war noch mal ihr Grund? Erzählte ihr nichts von dem *Unglück*. Und nichts von meinem Zustand. Sie plapperte wie immer drauflos. Jedenfalls bin ich nun hier. *Spontan!* In ihrer Obergeschoßwohnung. In dem schmucklosen Mehrfamilienreihenhaus. In der unglaublich eintönigen Dorfstraße. In diesem Ort, der so viel Potential für mehr brachliegen läßt. In diesem Ort mit den großen, von hier nicht zu bemerkenden und doch nur einen Kilometer entfernten, trostlosen Industrieflächen des Eisenerztagebaus und des Stahlwerks von Déifferdeng. Nach rechts der Blick aus dem Fenster auf einen kleinen, etwas entfernten bewaldeten Hügel. Schön. Nach links Richtung Dorffriedhof. Nicht schön. War noch nicht Nepomuks Grab suchen. Wo liegt er? In Baden-Baden? In Bühl?

Diese Wohnung in OBK, genau die Umgebung, die ich, entgegen meiner diffusen Erwartung, jetzt womöglich zur Regeneration am wenigsten brauche! Wie weltschmerzsteigernd es mir erscheint, die Straße entlang zu gehen, Richtung Mini-Supermarkt. Den Audi widerwillig nicht bewegt. Stattdessen über vier Stunden, und sehr umständlich mit der Bahn angereist. Inklusive dreier Umstiege. Durch drei Länder. Über Straßburg und Metz in die Landeshauptstadt des Grand-Duché gefahren. Auf dem Fußweg vom Bahnhof zum *Lycée* in eines der zahlreichen Juwelierschaufenster geguckt. Ein großer Händler für gebrauchte Pretiosen. Der Laden öffnete gerade in diesem Moment nach seiner altertümlich-traditionellen Mittagspause. Das rechteckige Ziffernblatt ohne Ziffern, dafür mit Strichindexen, ist mir direkt aufgefallen. Auf den ersten Blick wirkte die Handaufzugs-Reverso zu klein. Später, bei der spontanen Anprobe an meinem Arm aufgrund der ungewohnten Gehäuseform größer. Genau richtig. Wie nennt man eigentlich ein Ziffernblatt ohne Ziffern? Indicesblatt? Das schwarze Indexblatt, oder etwas anderes - die blonde, schlanke Dekorateurin? - zog mich unwiderstehlich an und hinein. Vielleicht war es doch der langsame Lauf des Minuten- und der, noch langsamere des Stundenzeigers? Eine mehr als konservative Zweizeigeruhr. Kein Sekundenzeiger. Keine Sekunde für die Ewigkeit. Keine <u>ewige Sekunde</u>. Das ist es! Kurzerhand, und hoffend auf Ablenkung von meiner selbstverschuldeten psychischen Misere, diese, selbst als *occasion* eigentlich viel zu hoch bepreiste Reverso aus den Endsiebzigern gekauft. Ein ungetragenes schwarzes Alligatorlederband montieren lassen. Und meinen, im Vergleich zur Reverso optisch fast schon progressiv erscheinenden, immer noch präzise die zu stoppenden Zeiten messenden, dreißig Jahre alten Chronographen, meine geerbte ikonische Omega Speedmaster, die punktgenaue pre-Moonwatch, dem überrumpelnd argumentierenden geschäftstüchtigen Uhrmacher mit seinen pechschwarzen dünnen Haaren und dem südländisch-braunem Teint zu einem, für mich doppelt ungünstigen Kurs (Betrag und Wechselkurs) in Zahlung gegeben. Keine Gegenwehr. Keine Kaufreue.

Schnell weiter zu Ivy. Die war dann doch noch in ihrer Plauder-Sprechstunde. Nach kurzer Begrüßung still im Nebenraum wartend in einem Stapel Mathearbeiten der Oberstufe geblättert. Meine Gedanken schweifen währenddessen von den Matheauf-

gaben immer wieder ab, hin zu der myste-
riösen Bombenserie, die seit vorletztem
Jahr das Großherzogtum verunsichert.

Immer wieder. Vor allem Strommasten.
Auch Ziele: ein Gaswerk, der Flughafen,
Polizeistationen, der Justizpalast, ein
Schwimmbad und die Zeitung, ein
europäisches Politiker-Treffen. Zum Glück
immer wieder ohne Opfer. Diese Serie wäre
genau nach Nepomuks Geschmack. Verkappter
Revoluzzer. Doch seit etwa einem Jahr:
Ruhe. Möge es die nächsten Tage auch so
bleiben ... Und gut: keine Schulen im Vi-
sier des/der verrückten Bombenleger.

Die hölzerne braune Verbindungstür zum
Lehrerzimmer nur angelehnt. Früher unter-
richtete Ivy in KA Geschichte sowie
katholische (wirklich!) Religion, hier so
etwas wie *Histoire* und vertretungsweise
Deutsch. Falls ich das richtig behalten
habe. In ihrem fast fabrikneuen Suzuki
Geländefloh-SJ mit Einlitermotörchen
(plante sie nicht zunächst, einen grauen
Golf Memphis zu erwerben?) erzählt sie

mir mit ihren übergroßen Kulleraugen auf der kurzen Fahrt vom Lehrerparkplatz zum *Oberweis*, dem luxemburgischen Café König, was ich eben halbwegs verstanden zu haben glaubte. Mein Schulfranzösisch ist also doch nicht mehr so sonderlich erhalten. Anders, als ich in meiner rein verstandesbezogenen Selbstüberschätzung stets geglaubt hatte. Am Ende erwiesen sich meine verbliebenen Kenntnisse als einigermaßen verläßlich. Immerhin!

Jedenfalls bestätigt sie, was ihr vierzehnjähriger Schüler, Gideon, dritter Sohn des Vorsitzenden des Schulfördervereins, ihr beichtete. Vor zwei Wochen habe er nach einer Party eines Klassenkameraden aus der Einfahrt des zugezogenen, deutschen Nachbarn dessen Auto gestohlen. Der Mann habe sich zu nazihaft über seinen nächtlichen Lärm beschwert. Aus *Rache*, und um mit dem alten Mercedes Diesel noch eine Spritztour zu machen. Gideons Vater habe ihn nicht, wie normal zu erwarten, zur Rückgabe gedrängt, ihn bestraft, oder was auch immer. Nein.

Er stellte frühmorgens den Kombi auf dem nahen Bauernhof seines Schwagers in einer leeren Scheune unter, so daß der Junge in seiner Freizeit mit dem erbeuteten Diebesgut über den Hof und die abgemähten Felder fahren könne. Im Gegenzug werde Gideon nun gedrängt, die Vaterschaft für das noch ungeborene Seitensprungkind der geschwängerten Affäre seines Vaters anzunehmen, damit dieser *wirklich?!* Alimentenzahlungsverpflichtungen umgehen könne. Und es, vor allen Dingen keine komplizierte Scheidung gebe. Lieber ein kleiner, als ein großer Skandal in der heilen Honoratioren-Familie. "Hmh, was, wenn es in Wahrheit doch das Kind des Schülers ist? Was, wenn der Pubertierende alles frei erfunden hat? Es ein schlechter Scherz des Jungen oder sogar gemeinsam mit dessen Eltern ist." Ich phantasiere. Vielleicht will man die Lehrerin auf die Probe stellen: was wird sie tun? Wen wird sie darauf ansprechen? Wem wird sie davon erzählen? In solchen Momenten möchte ich sie nur einfach stumm sehen. Nur wie zum Schweigen bringen?!

Wie dem auch sei, während des Erzählens streicht sich Ivy immer wieder ihre dunkelblonden Haare aus dem Gesicht. Für sie, die in den letzten beiden Jahren um die Hüften und vor allem um die Taille ein gutes Stück rundlicher, und damit für mich sehr viel unattraktiver geworden ist, gibt es im Oberweis ein paar Johannisbeere-Marzipan *petits fours* und *pour moi* nur ein großes Glas kaltes Wasser. Abends aus reiner Höflichkeit ihre heiße Bouneschlupp mit Reibekuchen regelrecht, Löffel für Löffel, Gabel für Gabel, überdrüssig langsam heruntergewürgt. Obwohl ihre Rezeptur geschmacklich, ohne Frage, der von Hani gewachsen ist. Lehne das alternativ angebotene Baguette mit Konserven-Entenpastete von vornherein dankend ab.

Gestern Abend. *Danach.* Während des Duschens in ihrer, für das schmale Badezimmer viel zu breiten, alten Badewanne, den von ihr mit penibler Reinlichkeit gründlich gepflegten Raum überschwemmt und halb unter Wasser gesetzt. Weil es keinen Duschvorhang gibt. (Und keine Badezimmertüre.) Das so sehr, zu Ivy, zu Oberkorn und vielleicht sogar zu mir passende, zerfledderte Taschenbuchexemplar von Dylan Thomas' Meisterwerk *Under Milk Wood* leider unabsichtlich vom rutschigen Badewannenrand aus abgesoffen.

"Quel dommage!"

Zuvor. Mal wieder ████████████████████ ████████████████████████████████████ ████████████████████████████████████ ████████████████████████████████████ ████████████████████████████████████ ████████████████████████████████████ ████████████████████████████████████ ████████████████████████████████████ ████████████████████████

Die von ihr vehement eingeforderten ████████████████████████████████████ ████████████████████████████████████

Da wurde es mir in meiner braven, typisch deutschen Beamten-Mentalität dann doch etwas zu heftig. Abwechslung ist schön und gut. ---

Nicht nur psychisch

angeschlagene. Die Frage ist *der* Weg zum kleinen Tod.

Das, und ansonsten allein die gemeinsame Liebe zur Musik von *Dépêche Mode* halten nicht über Wasser. "Tant pis." Ivy erscheint mir *nun* (buyer's remorse?) nicht mehr in dem Maß schön oder erotisch begehrenswert, wie ich sie in ihrer fürsorglichen Pädagoginnen-Kümmererinnen-Art und munteren Besorgtheit als auf Dauer anstrengend empfinde. Da ist, anstelle von Dave-Gahan-Songs, das von RTL gesendete Modern Talking Werk *Cheri Cheri Lady*[54] auch nicht angemessener? Ehrlich gesagt, könnte derzeit kein noch so oberflächliches Pariser Laufstegmodel mich ablenken oder dauerhaft aus meinem Tief ziehen.

Meine Welt ist total aus den Fugen geraten. <u>Kopfüber unten</u>. Das einzig positive ist: in OBK gelingt wenigstens das Schreiben im Tagebuch leichter. Wenn schon nicht am Romanentwurf. Meinen Mont-

---

54 Lyrics: Dieter Bohlen (1985)

blanc Füller zuhause vergessen. Kein Problem. Denn, zugegeben, ich bekenne, die erstaunlich günstige amerikanische Stilikone Parker Jotter liegt fast genauso angenehm in meiner Hand wie das edle Geschenk von S zu meinem 35. Geburtstag. Nur die Tinte der dicken Kugelschreibermine fließt nicht ganz so schön. Dafür die Worte. Denke ich jedenfalls.

Habe Ivy gegenüber kleinmütig nichts von den Ereignissen in BB erwähnt. Bisher. Schlechtes Gewissen. Irgendwie, irgendwann wird sie es eventuell von jemand anderes erfahren. Besser wäre von mir. Bin indes nicht wie der beichtende junge Gideon. Nicht jetzt. Noch nicht.

Überhaupt. Selbst erst wieder auf die Beine kommen. (Und Ivys Jotter nehme ich einfach mit.)

Vermerk vom 11.03.

Februar

Null Einträge

Kapitel 14

Mittwoch, 11. März 87

Im Flur steht Nepomuk. Sehe ihn, wenn ich abends aus dem Bad komme und durch den Flur schleiche. Verbreitet Angst und Schrecken. Gespenstig. Später steht er am Fußende, wenn ich in meinem Bett liege. Er hat jetzt spinnenlange, dünne Beine und spinnenlange, dünne Arme. Noch länger, noch dünner als zu Lebzeiten. Aus seinem hohlen bläulichen Gesicht, mit den wenig ausgeprägten Zügen, ist keine Emotion zu erkennen. Ist er anklagend? Etwa dankbar? Kann nicht mit ihm sprechen. Er spricht auch nicht mit mir. Schweigend: Der *Zeitreisende*. Hier ist er.

Sobald ich das Hauptlicht einschalte, verschwindet er aus dem Flur. Da ist nur noch das konstante Trippeln oben. Es scheint sich vermehrt zu haben. Aus mehreren Richtungen gleichzeitig.

Im Schlafzimmer spüre ich aber weiter seine Anwesenheit. Auch Alkohol ändert nichts. Hilft nichts. Leide ich unter Halluzinationen? Visionen? Unter Verfolgung und Wahn? Vielleicht war Nepomuk gar nicht unerkannt geisteskrank. Sondern ich? Kann in meiner Seelennot nicht einschlafen.

Habe seit dem 18. November nicht mehr am Roman gearbeitet. Wo ist die Diskette? Wünschte, ich könnte die Datei öffnen. Und könnte darin, einfach so, alle, inzwischen von Geisterhand darauf gespeicherten Antworten auf meine offenen Fragen lesen. Vor allem, daß mir von meinen Richtern Attila-Dragan und Goldbube-Nepomuk Absolution, *Freispruch* erteilt würde. Erlösung zugesprochen.

Wieder kalt. War Ende Februar schon mal richtig warm. Bin müde. Kraftlos, habe Hunger. Mittlerweile ungefähr acht oder mehr Kilogramm weniger an Gewicht. Meine Hosen rutschen alle, verzweifelt haltsuchend. *Kann* aber nichts essen. Mein innerer Gourmet ist getötet. Erstickt. Offensichtlich. Körperlich geht es mir nicht gut. Spüre zudem eine Art von geistigen Ausverkaufs und seelischer Verwesung. Kann man das so nennen? Sicher.

Will mein normales, mein langweiliges Leben zurück. Will die lähmende Schuld loswerden. Will die Zeit, die Uhr zurückdrehen. Reverso!

Vor ein paar Tagen wähle ich mitten in der Nacht Ivys Nummer. Warum? Weiß nicht. In dem Moment, als ich mit dem rechten Zeigefinger, gerade noch rechtzeitig unerkannt die Gabel hinunterdrücken will, meldet sie sich. Sie hatte sicher schon tief geschlafen. Dennoch war sie beim zweiten Klingeln rangegangen. Ein müdes "Ja. Wer ist da?" Will wortlos auflegen. Zögere. Pause. Warten. Pause. Erneut: "Wer ist da?" Höre mich sagen: "Ich bin 's." Was mache ich hier? Bin ich restlos wahnsinnig geworden? Ausgerechnet Ivy. "Du? Dachte ich mir! Was ist passiert?

Geht es dir gut?" Weiß nicht mehr, welche ausweichenden Worte ich benutzt habe. "Erzähl mir nichts. Wir kennen uns nicht besonders gut, aber ich habe schon bei deinem Besuch, direkt bei deiner Ankunft gemerkt, daß mit dir etwas nicht stimmt. Du hast nichts gesagt. Brauchst du auch nicht. Aber wenn du willst ..." Dünne Aus-flüchte von mir. Fadenscheinig. Erwähne S. "Ja, kann mir vorstellen, daß es für dich kompliziert sein muß. Habe dich des-halb *hinterher* in Ruhe gelassen. Schön, daß du dich meldest. Auch, wenn es *jetzt* ist". Sicher zieht sie währenddessen eines ihrer halbschiefen Mundwinkelgrinsen. "Es ist sehr spät. Morgen früh ist Schule. Wir telefonieren dann. Ich melde mich bei dir!" "Abgemacht. Gute Nacht."

Eine Phantasie ist nicht länger eine Phantasie. Was bleibt? Schale Realität und nervige Erinnerung. Eisig-kalte Gegenwart. Abscheu. Pessimismus. Klatsche eine lästig schwirrende Motte an die

Wand. Es ist der erste Schlag. Direkt. Ein Volltreffer. Schalte für einen Moment der Zerstreuung das Radio ein. Nachtprogramm. Sofern ich es richtig deute, singt Laura Branigan in *Self Control*[55], wenn auch möglicherweise ursprünglich von den Textern in einem komplett anderen Sinn und Kontext gedacht, meine heutige depressive Situation vor Jahren schon hellseherisch beschreibend: von Mauern durchbrechenden Kreaturen bei Nacht. Von vergeblicher Schauspielerei bei Tag. Von verlorener <u>Selbstkontrolle</u>. Sehr schmerzlich, glaubhaft.

Schlimm genug, daß ich mir pausenlos diese Vorwürfe und Gewissensbisse mache. Muß für den Rest meiner Existenz mit dem Unsegen *leben*. Damit leben geht nicht, aber damit klarkommen muß ich. Irgendwie. Meine Reue ist riesig.

Traurig bin ich nicht besonders. Nepomuk war mir dann doch zu *egal*. Falsches

---

55 Lyrics: Raffaele Riefoli, Giancarlo Bigazzi, Steve Piccolo (1983)

Wort. Ich mochte ihn, aber er konnte mir schon sehr auf die Nerven gehen. Um Dragan tut es mir ehrlich leid. Auch, und vor allem für seine kranke Frau, die jetzt alleine ist.

Und M? M kann ich nicht so richtig einschätzen. Sie hat beide Verluste zu verkraften. Dazu noch hochschwanger, von einem, für die Wertvorstellungen ihrer Familie, unseriös-mysteriösen Mann. Im Gewissenskonflikt, ihrer senilen Mutter aus dem fernen Monaco helfen zu *müssen*, zu sollen, doch emotional nicht wirklich zu wollen.

"*Zauber!* Die *Zauberkeit* ist überaus wichtig!" So klang es, wenn Dragan über Hygiene sprach. Bettwäsche waschen. Wäre nötig. Wegen der Hyäne. Glaube, mittlerweile habe ich jeden geregelten und gesunden Rhythmus in meinem Leben verloren. In den ersten unrasierten Tagen hatte ich das Gefühl, mehr, besser gesagt, überhaupt nennenswert positive Beachtung von unbekannten Frauen im Vorbeigehen, alt und jung, zu erhalten. Dieser Effekt ist nun ins Gegenteil verkehrt. Strafende, absolute Nichtbeachtung. Perfekte Ignoranz. Kein Wunder. Wilder Bartwuchs. Statt täglicher Haarpflege, nur noch, keine Ahnung, sehr selten eben. Zur Tarnung eine, mit einem sandbraunen Schleier und grauen Schmutzrändern versehene, früher mal strahlend persilweiße Baseballcap aus der, Jahre zurückliegenden Zeit wöchentlicher Tennistrainings als permanente private Kopfbedeckung.

Versteht jemand, daß ich nun nicht mehr im mittlerweile ▓▓▓▓▓▓▓▓▓▓▓▓▓▓▓▓ ▓▓▓▓▓▓ verachteten Verkehrsunfallsversicherungsrecht arbeiten kann und will? Obendrein böse Frist versäumt. Nicht mein erster Fehler in letzter Zeit. Schon ein paar Notfristen verschwitzt. Die Sachen noch mal so hingebogen. Doch diesmal? Weiß genau, daß das ewig heitere Lehrmädchen mir, wie üblich, acht Tage vor Ende der Ausschlußfrist zur Rechtsmitteleinlegung auch diese Akte vorgelegt hatte. Das Versäumnis! Geht auf meine Kappe. Sowieso. War und bin wie gelähmt. Die Handakte ist irgendwie von alleine zwanghaft immer weiter nach unten durchgerutscht. Bin von Tag zu Tag weniger in der Lage, klar zu denken. Verliere meine *Alltagskompetenzen.* Und die beruflichen obendrein. **Freigestellt.** Mir die eigene Kündigung nahe gelegt. Zwar zwischen den Zeilen, doch mehr als deutlich. *Hey,* warum nur kommt mir Joachim Witts *goldener Reiter*[56] in den Sinn? Dragans schützende Hand nicht mehr über mir. *Sicherheitsnotsignale.* Atemnot. Wiederholt. Bin zum ersten Mal ganz und gar auf mich selbst gestellt. Ginge es nach den alten Kanzleigründern, sollte ich zum Nerven-Doc. Doch D gibt es ja nicht mehr! Mich krankschreiben lassen. Einerseits kann ich diese Haltung rational verstehen. Andererseits wäre Anwaltsalltag möglicherweise besser, als die ganze Zeit hier zu hocken. *Ewige Sekunden* lang.

---

56 *Goldener Reiter* - Lyrics: Joachim Witt (1981)

Gehe nicht zum Arzt. Aus krankhafter Angst. Will sicher nicht in Psychiatrie weggesperrt und willenlos vollgepumpt werden. Hoffentlich beantragt niemand einen Vormund. Niemand meine Entmündigung.

> "Eine Aussage kann nicht nur
> wahr, falsch oder sinnlos sein,
> sondern auch imaginär."[57]

Weiß nicht, wie und warum: dieses Zitat spricht mich an. Sinniere umständlich darüber nach, gelange aber zu keinem spruchreifen Ergebnis. Vernunft? Verstand? Verlegen. Lege die Monographie wieder auf den Stapel auf dem Sofa. Mein LeCorbusier LC3 Sofa war mal ein Dreisitzer. Jetzt bietet es nur noch einen schmalen Platz für eine schlanke Person auf der vorderen, rechten Kante. Sofern man sich denn trauen würde, dort im Unrat Platz zu nehmen. Auf und unter der Couch: von Nepomuk mitgebrachte und von mir un-

---

57 Brown, George-Spencer: Gesetze der Form (Laws of Form) (1969)

gelesene us-amerikanische GQ-Ausgaben: Obenauf das zerfledderte Mai '84-Cover mit dem berüchtigten, wilden Baulöwen Donald Trump. Ich blättere durch den Packen Altpapier: Bruce Willis im Oktober und Harrison Ford im November '86, Arnold Schwarzenegger im Juli und Jeff – *Against all odds* – Bridges im Juni, *der* andere Februar-*Neurotiker* Woody Allen. Manchmal ein Narr, manchmal ein Weiser, der inzwischen auch schon verstorbene großartige Cary Grant im Januar '86 mit schwarzgerahmter Brille und als Gegensatz mit weißer Fliege: Michael Douglas im Dezember '85 auf dem GQ-Cover.

Zurück zur anderen Geistesgröße: Luhmann. Mathematik. Will wieder tiefer einsteigen. Um mir die nötigen Phrasen (möchte nicht von Kenntnissen schreiben) für die unselige Einbrecher-Zeitreisegeschichte anzulesen.

Meine bleierne Dunkelheit, meine leidvolle Depression hindern mich daran. An allem anderen auch. Was bleibt?

Warten auf einen Sonnenaufgang.

Vermerk vom 20.06.

April

Null Einträge[58]

---

58 Die Form war Leere ... Und Leere war meine wahre
   Form.

Vermerk vom 20.06.

Mai

Zero

Kapitel 15

Samstag, 20. Juni 87

Akzeptanz! Selten beschreibt ein nur einzelnes Wort meinen betrübt-bangen Zustand, meine innere Lage so treffsicher. Vom Kater erholt. Auf wundersame Weise. Den <u>Prozeß</u> meines trostlosen Dahinsiechens unterbrochen. Mein sorgenschweres Dahinvegetieren für einen lichten Moment, eine ewige Sekunde pausiert. Oder neugewonnene Unverwundbarkeit? Unsterblich? Jetzt. Rückkehr unter die Lebenden.

Zurück aus der Kirche. Keine richtige Kirche. Die winzige Marienkapelle in Bühl nahe Nepomuks Scheinadresse. Nach einem halben Leben ohne freiwilligen Gotteshausbesuch fühlt es sich nicht seltsam an. Eigenartigerweise. Entgegen meiner Zwangsbefürchtung. Neutral, sofern man das überhaupt so nennen kann. Angenehm warm. Wie das Wetter. Hatte beklemmende Emotionen erwartet. Negativ. Fehlanzeige. Kann das mystische Erlebnis dennoch nicht abschließend beurteilen.

Der auf dem Dachboden ausgelegte Gift-köder ist verschwunden. Das nächtliche Trippeln und Trappeln auch. Finde aber keine(n) Kadaver.

Es fehlen einige Seiten. Seiten, die ich in den letzten Monaten offenbar nur in meinem Kopf geschrieben habe. Immer wieder. Blättere in den spärlichen Tage-buchaufzeichnungen. Unaussprechliche, un-aufschreibbare Sätze, die nicht zu Papier gekommen sind. Nicht in Worte zu fassende Gedanken.

"Alle Dinge mühen sich ab:
niemand vermag es auszusprechen;
das Auge wird des Sehens nicht satt,
und das Ohr nicht voll vom Hören."[59]

Die letzten *realen* Seiten hatte ich

---

59 Prediger 1, 8 (Elberfelder Bibel 1905)

erst mühsam zu sortieren. Lagen wirr im Sekretär. Kann mich nicht erinnern, sie in Unordnung gebracht zu haben.

Beim eingehenden Suchen rutscht mir der Ticketgutschein für den versäumten Formel-Eins Grand Prix von Monaco am letzten Maiwochenende in die Hände. Wäre die Beziehung der beiden Geschwister untereinander nicht so wechselhaft streitlustig und phasenweise angespannt gewesen, wäre sicher eine private Unterbringung in Ms Wohnung anstelle des geplanten überteuerten Hotels in Frage gekommen.

Schlage alte Ausgaben der abonnierten FAZ auf, durchblättere das verblasste, billig wirkende Pergament, (das mit seiner ganz eigenen Haptik eventuell nur so bei der *Frankfurter* verwendet wird), um im Sportteil nach dem Bericht zu dem versäumten Rennen zu suchen. Erfahre so beiläufig, daß der FC Bayern nun doch, zum dritten Mal in Folge, Meister ist. Trotz dieser Niederlage im Winter. Und der KSC ist also wieder erstklassig. <u>Aufstieg</u>.

Da ist es: Im Training ein Ferrariunfall. Harter Einschlag in die Streckenbegrenzung und Feuer! Grausige Novemberbilder blitzen auf, und schießen simultan punktgenau durch meinen Kopf. Die strenge Rennleitung hatte Christian Danner als den allein schuldigen Verursacher ausgemacht und mit seiner Sperrung für das Rennen *unverhältnismäßig hart* bestraft. Aufgrund des Zeitungsjournalisten-Kommentars und der Statistik gehe ich von einem eher langweiligen Rennen ohne spektakuläre Überholmanöver am Sonntag aus. Sieger: Ayrton Senna.

Seit ungefähr acht Tagen kann ich endlich besser einschlafen. Fast ganz ohne Hilfsmittel. Schlafe aber nicht durch. Sehe zum Glück mittlerweile weder Dragan, noch Nepomuk. Auch nicht sonstige, finster-grimmige Terroristen, dämonisch-makabere Gestalten oder abartig-schauerliche untote Wesen am Fußende meines Betts stehen oder schweben. Die Deckenlampe brennt die ganze Nacht im Flur. Die Schlafzim-

mertür bleibt offen. Wie bei einem ver-
ängstigten Kleinkind. Ertrage keine ge-
schlossenen Türen mehr. Hemmende Heidenangst und krankhafter Geisterglaube. Das
Schlafzimmerfenster ist pausenlos ge-
kippt. Hoffentlich fängt die Außenwand-
ecke nicht an zu schimmeln. *Brauche viel
kühle, frische Luft.* Auch nachts. Auch
schon vor Monaten im Winter.

Hatte letzten Monat mehrfach wieder-
kehrend beklemmend geträumt, daß ein *Lebewesen,* ein Geist im Raum sei. Versuche,
mich dann nicht zu bewegen. Kann in der
Dunkelheit nur Schatten erkennen. Vermute
dann, daß es nur der Schemen meiner, am
Bügel hängenden Kleidung ist. Werde
plötzlich durch ein leises, aber deut-
liches Flattergeräusch aus dem Tiefschlaf
geschreckt. Denke, es war eindeutig wieder nur einer dieser Paranoia-Alpträume.
Aber es ist wirklich *etwas* im Zimmer.
Helle Nacht. Sehe mehrfach den beunruhi-
genden Flügelschlag eines Phantoms, daß
sich seinen Weg im Flug quer durch mein

Zimmer bahnt. Schalte hektisch die typische *film noir* TV-Kommissar-Kaiser-Idell-Bauhaus-Schreibtischleuchte auf dem alten Nachttisch ein.

Vermute, bei angestrengtem Beobachten der hellen Leere und übermächtigen Stille, daß eine verwirrte Fledermaus sich durch das gekippte Fenster gequetscht und über die Oberkante des Vorhangs in den Raum gelangt ist. Dann wieder: bilde mir gruselnd ein, ihre spitzen Schreie zu hören, während sie tatsächlich wild im Zickzack-Kurs herumflattert. Schiebe die Gardine nach weit rechts, öffne das Fenster ganz. Die verirrte Bestie fliegt zum Glück direkt hinaus. Schließe sorgfältig und schnell das Fenster. Hoffe, daß sich kein weiteres Exemplar hier eingenistet hat. Wer weiß, wie oft diese Biester schon unbemerkt hinter der Gardine, in der Wohnung ihre Tage verbracht haben? Mutmaßungen.

Beim Gedanken daran zucke ich unwillkürlich zusammen. Genauso lässt mich je-

des unerwartet lärmige Geräusch von draußen zur Salzsäure erstarren. Meine unsi-
chere innere Stimme peinigt mich endlos
mit vagen Vermutungen und unheilvollen
Ahnungen. Krankhafte Furcht steigt blitzartig empor bei einer dröhnend zugeschla-
genen Autotür, einer knallenden Fehlzün-
dung eines Mopeds, schrillem Kinderge-
schrei. Alles Geräuschvolle verängstigt
und erschreckt mich. Schwarzseherei.

Sofort schießen in meinem Hirn wieder
die apokalyptischen Bilder und marker-
schütternden Geräusche des Unfalls hoch.
Bassig-/helles Blech gegen dumpfe Bäume.
Schreiendes Metall gegen stumpfes Ge-
stein. Knackendes Holz gegen hundertfa-
ches Geröll. Das alles zu einem bizarr
tödlichen Emotions-Cocktail gemischt mit
eingebrannten Tagesschau-Sequenzen von
irren Attentaten der RAF, der IRA, der
Roten Brigaden, der ETA - so wie erst der
gestrige heimtückische Bombenanschlag in
Barcelona - ausgerechnet dann, daß ich
mal wieder den eingestaubten Fernseher

einschalte. <u>Wahnsinn</u>.

Was sonst noch? Im Mai meinen elendigen Audi 80 GLS verkauft. Getauscht gegen ein erstaunlich dünnes Bargeldbündel Hundertmarkscheine. Der Verkaufserlös liegt noch auf der Couch. Wahrscheinlich unter dem Bücherstapel. Das Geschäft umsichtig abseits meiner Wohnung abgewickelt. Vorsichtshalber auf einem Parkplatz am AG in KA. Nachdem ich ein Tier, etwas größer als eine Katze, vielleicht einen Marder oder Fuchs (?) angefahren hatte. Fast an der gleichen Stelle, diesmal etwas weiter hinter, statt vor dem Ortsausgang, an dem damals eine Katze meinen Weg kreuzte. Nicht angehalten. Nicht nachgeschaut. Am Auto war später kein zusätzlicher, neuer Schaden zu sehen. Nur das Kennzeichen war etwas "verschmutzt".

Wenn ich nun *wirklich* irgendwohin muß, überwinde ich meine Bedenken vor fremden Fahrern und nehme trotz Scheu ein Taxi. Vereinbarung mit dem Verbrauchermarkt.

Liefern mir montags frische, manchmal koschere Lebensmittel. Stelle das Essen in Schränke in der Küche. Oder im Wohnzimmer. Werfe eine Woche später fast alles weg. Der Wohnraumboden ist bedeckt mit diversen Ausgaben der Zeitung, des wöchentlichen, kostenlosen Anzeigenblatts und seinen beiliegenden Werbeprospekten. *Das gefällt mir.* War da mal Teppich? In meinem Büro in der Kanzlei waren immerhin, bis zuletzt, die direkten Laufwege von Tür zu Schreibtisch und Sitzgruppe aktenfrei.

Schlage jeden Abend ein paar dünne Nägel in die Küchenwand neben dem kleinen Eßtisch. Reihe für Reihe. Hänge daran ganz ordentlich Dinge auf. Wichtige. Schlüssel. Oder Quittungen. Oder Besteck. Ist dann griffbereit. Wenn ich mal etwas esse. Daß ich nicht schon eher auf diese *geniale* Idee gekommen bin! Das Fett in der Rowenta-Fritteuse ist leider unappetitlich ranzig. Eh keine Pommes im Haus. Aber könnte ja so gut wie alles andere frittieren.

Aus dem Küchenschrank habe ich eine bisher ungenutzte Schublade herausgezogen und im Flur auf den Boden gestellt. Darin sammle ich bis zum Wochenende die Post. Die wichtige! Die unwichtige lege ich (ebenfalls ungeöffnet) daneben. Finde kein ahnungsvoll erwartetes Schreiben der StA. Sonntag werde ich die Briefe öffnen. Wahrscheinlich. Die wichtigsten.

Ivy will mich besuchen kommen. Kann sie unmöglich meine Wohnung – in diesem Zustand – sehen lassen. Und mich. Kann sie kaum noch vertrösten. Will Zeit gewinnen. Will ihr nerviges Plappermaul verstummen lassen. Keine Lust auf Gefasel. Biete ihr nächsten Monat an. Dann bei ihr. Hätte viel zu tun.

<u>Oder doch zweite Chance</u>?

S antwortet nicht ...

SWF3 bringt *Strangelove*[60]. Depeche Modes Singleveröffentlichung aus dem April hebt trotz zwiespältigen Versen über un-

---

60 Lyrics: Martin Gore (1987)

verzeihbare Verbrechen und Sünden, über
Erlösung vom Schmerz und über ein lebens-
wertes Leben unwillkürlich meine Stimmung
in kaum noch gekannte Höhen. Unerwartet,
unerhört, frisch und poppig.

Vermerk vom 25.08.

Juli

Nada, niente.

Kapitel 16

Dienstag, 25. August 87

Leben, als ob es der Tag wäre. Prachtvoller Morgen. Obwohl die Sonne mal grell da, mal hinter Wolken verschwunden ist. Die große <u>Hitze</u> der letzten Tage scheint erst einmal vorbei. Viele tiefhängende Wolken, die noch mehr Regen versprechen. Kühle zwanzig Grad. Es klingelt gerade zum zweiten Mal. Erwarte niemanden. Öffne nicht. Argwohn.

Habe keine Vorstellung davon, was ich heute in einem Monat mit mir selbst, mit meiner beruflichen Arbeit anfangen soll. Habe es tatsächlich geschafft, den bisherigen Entwurf meines Romans zu lesen. Überwindung. Wie aus dem nackten Nichts kam dabei die kreative Idee für die entscheidende Wendung der Geschichte. Hatte damals *zu linear* gedacht. Habe, denke

ich, die finale Lösung, den *clou* entdeckt. Jetzt könnte es schnell gehen und
der Zeitreise-Roman sich endlich wie von
selbst schreiben, wenn ich bloß jeden Tag
diszipliniert ein, zwei Stunden dranblei-
be.

Kann gar nicht sagen, warum und wie es
dazu kam. Es war ein innerer Impuls. Ein
Moment der <u>Stärke</u>? Habe ausgemistet, was
dringend nötig war. Angefangen mit den
kiloschweren, alten, ungelesenen FAZ-Aus-
gaben. Vom Wohnzimmerboden entsorgt.
Jetzt ist der Wohnraum wieder fast leer.
Abgesehen von dem klassisch-schwarzen
Sofa, davor der klischeehaft skulpturale
japanische coffee table mit geschwungener
Glasplatte. Rechts neben dem Sofa: zwei,
an den Ecken abgestoßene und eingedrück-
te, schon reichlich ramponierte Baumarkt-
Umzugskartons, zuunterst befüllt mit
großformatigen Südamerika-Bildbänden, darüber gelegt: dutzende getackerte Biblio-
theks-Kopien aus Fachzeitschriften und
Monographien. Gesammelte Rechercheergeb-

nisse zu meinem *ehemaligen* Lieblings-
thema: linksextremer Terror mit seinen
politischen Zielen, seinen Anschlägen,
seinen Killern, den Tatmitteln, ausge-
führte und gescheiterte Mordpläne, ...

Gegenüber an der Wand neben der Tür:
der kleine antike Eichensekretär mit den
noblen Intarsien aus Rosenholz, Erbstück
meiner Oma. Lust auf den Mythos: Toast
Hawaii. Sogar auf die Ananas. Der Commodore dort: funktioniert seit gerade eben
wieder. Ohne, daß ich etwas daran repa-
riert hätte. Einfach so. Magisch.

Schreibe mein Tagebuch trotzdem auf
der inzwischen wieder liebgewonnenen Oli-
vetti aus den Sechziger Jahren. Nur den
Roman auf dem PC20.

Die Vorhänge bleiben bis auf weiteres
auch tagsüber akkurat vor den Wohn- und
Schlafzimmerfenstern. Zusätzlich trage
ich, höchst vorsorglich, in der Küche und
im Bad meine Persol. Mir ist nicht nach
gleißend hellem Sonnenschein. Unheimliche
Angst vor diesen lähmend-stechenden Mi-

gräne-Attacken.

Nur nachts im Schlafzimmer die Scheibe weit auf: Reiner Sauerstoff. Denn angeblich locken gekippte Fenster Fledermäuse an. Im Gegensatz zu weit geöffneten. Trotzdem! Gestern neuer Besuch eines Blutsaugers. Eigentlich sollte der Vampir sofort seinen Weg wieder durch die Öffnung hinausfinden. Völlig verwirrt! Entschwebt die große Fledermaus durch das Loch in der Zimmerdecke. Die steile Stiege entlang. Hoch auf den Spitzboden. Höre den unheimlichen *Todesengel* dort panisch flattern. Holz knarzt. Papier raschelt. Schalte Licht ein. Warte ab. Steige Minuten später hoch. Sehe kein Flugtier. Nichts. Will die Dachluke nicht öffnen, weil es ausgerechnet in diesem Moment angefangen hat, stürmisch zu regnen. Die blanke Glühbirne unter dem Dach bleibt eingeschaltet, in der Hoffnung, daß die vagabundierenden Seelen der Verstorbenen Ruhe geben. Sollte *jetzt* gleich mal in Ruhe nachsehen.

Konnte danach nicht mehr einschlafen. Es war ja erst halb zwei. Schlafe gegen halb sechs morgens endlich ein. Nur bis kurz nach acht.

Nach den bleichen Zeitungen, auch die verdorbenen Essensreste auf den Müll geworfen. Die schrecklichen Nägel mit meiner rostigen Zange aus der Küchenwand gezogen. Vorhin couragiert sogar ein paar Briefe geöffnet. Beim Aufräumen, im Sekretär ganz hinten, meine alte Kommunionsbibel gefunden und beim Herausziehen sind die Seiten an dieser Stelle im Lukasevangelium aufgeschlagen:

"Und richtet nicht, und ihr werdet nicht gerichtet werden; verurteilet nicht, und ihr werdet nicht verurteilt werden. Lasset los, und ihr werdet losgelassen werden."[61]

Jemals göttlicher Freispruch von meiner immensen Schuld? Neugierig vor und

---

61 Lukas 6, 37 (Elberfelder Bibel 1905)

zurück geblättert. Hängen geblieben bei
Hiob:

"Doch in einer Weise redet Gott
und in zweien, ohne daß man es beachtet.
Im Traume, im Nachtgesicht,
wenn tiefer Schlaf die Menschen befällt,
im Schlummer auf dem Lager:
dann öffnet er das Ohr der Menschen
und besiegelt die Unterweisung,
die er ihnen gibt,
um den Menschen von seinem Tun
abzuwenden,
und auf daß er Übermut vor dem Manne
verberge; daß er seine Seele zurückhalte
von der Grube, und sein Leben
vom Rennen ins Geschoß.
Auch wird er gezüchtigt
mit Schmerzen auf seinem Lager
und mit beständigem Kampf
in seinen Gebeinen.
Und sein Leben verabscheut das Brot,
und seine Seele die Lieblingsspeise;
sein Fleisch zehrt ab,

daß man es nicht mehr sieht,

und entblößt sind seine Knochen,

die nicht gesehen wurden;

und seine Seele nähert sich der Grube,

und sein Leben den Würgern."[62]

Exakt. Das bin ich! Nach dieser Todes-
botschaft verfolgt es mich noch konfuser
weiter. Von sich erbarmenden und fürspre-
chenden Engeln, ist die Rede,

" ...sein Fleisch wird frischer sein

als in der Jugend;

er wird zurückkehren

zu den Tagen seiner Jünglingskraft."[63]

Und von Gnade vor Recht! Von <u>Erlösung</u>
der Seele. Fragezeichen über meinem Kopf
schwebend, leicht modrige Duftwolken vom
fleckig altem Papier in meiner Nase.
Fazit: Der Tod war nicht das Ende?!

---

62 Hiob 33, 14-22 (Elberfelder Bibel 1905)
63 Hiob 33, 25 (Elberfelder Bibel 1905)

Nachmittag: Bart frisch rasiert. Meine, in den letzten Monaten unredlich erworbene Nepomuk-Che-Guevara-Frisur im gleichen Atemzug mit der großen Küchenschere gekürzt, und die struppigen Haarreste mit dem Braun-Elektrorasierer auf von früher gewohnte, einheitliche Millimeterkürze getrimmt. Wäsche gewaschen und dabei in der Jackentasche die beiden großen Spielbank-Chips entdeckt. Hatte gar nicht mehr daran gedacht. Zwanzigtausend Mark! Was mache ich damit? Gebe ich den Löwenanteil M? Kaufe ich mich frei? Ablaßhandel? Freiheit von Strafe für meine Schuld? Und von dem Rest, meine verdiente Schriftstelleruhr, die Rolex Explorer I?

Heute Treffen mit M, zusammen mit ihrem *Killer-Kolumbianer*, um ihre Fragen wegen der Erbschaft - der vorverstorbene Nepomuk hatte anscheinend kein Testament - den Möglichkeiten eines eventuellen Verkaufes der Paradieswohnung und des Bühler Doppelhauses in Ruhe zu beantworten. Wollten zu mir. Leichte bis mittelschwere Paranoia aufgeflackert. Deshalb hastig ausweichend das *Café König* vorgeschlagen. Mich im schwachen Moment erneut verplappert. "Tut mir so leid, daß ich Nepomuk nicht von seiner wütenden Raserei, *unserem Rennen* abhalten konnte." Ging M bisher von der halboffiziellen Version aus? Erst kleiner Streit, dann mein schnelles Umdenken, mein väterliches Nachschauen nach dem Sorgen-Patenkind. M hat am Telefon nicht darauf reagiert. Vielleicht hat sie mein leises Halbsatz-Halb-Geständnis in ihrer oberflächlich-hektischen Art gar nicht bemerkt?

So sollte in Unrechtsstaaten die ultimative Henkersmahlzeit schmecken - um die Todespanik zu mildern (oder ist es doch eher eine versöhnliche Ruhe vor dem Unausweichlichen) - genußvoll und ohne Eile gegessen: Wiener Schnitzel, muskatige Kroketten, eine pfeffrig marinierte Sommer-Salatmischung aus Endivien- und Kopfsalat mit Tomate und Gurke. Ein extra großes, extra süßes Stück Bienenstich.

Wieder bei Juna und Hani. Haben, glaube ich, ihren Augen nicht getraut, mich zu sehen. Mich wieder zu sehen? Oder mich *so* zu sehen? Unbehagen. Auszuhalten. Starrten mich an wie einen Fremden. Erst.

Unter großen Schirmen, an der noch feuchten Luft, an den Holztischen vor der Konditorei neben Hanis Gasthaus saßen einige Rentner sowie eine junge Familie: drei unbekümmert quengelnde Kindergarten- und Grundschulkinder, ein meckernder Vater und eine genervt mit den Augen rollende Mutter. Ein unorganisiertes Ensemble, vom Zufall zu einem bunten Gruppenbild arrangiert. Da ist er wieder, der Szenenbeobachter. Der Beobachter des Beobachters. Wird eine göttliche Hand von außen eingreifen, oder uns weiterhin still beobachten? Schriller Schrei des Kleinkinds, zucke zusammen. Nehme mich zusammen.

Konzentriere mich. Auf den Duft. Von Torten. Sehe durch meine simpel schwarze Dave-Gahan-Stil-Sonnenbrille, für eine

wirklich coole mit verspiegelten Gläsern
fehlt mir jeder Mode-Mut: Quarkmousse aus
Rharbarber, Johannisbeere und Stachelbee-
re, sowie Heidelbeere-Brombeere-Creme-
schnitten. Pure Delikatessen. War drauf
und dran, mich *spontan* an einen freien
Platz zu setzen und unmittelbar nach dem
Juna-Dessert hier ebenfalls noch etwas zu
bestellen. <u>Nachholbedarf</u>. Der jähe Knall
reißt mich aus meiner kurzen, kulinari-
schen Tagtraum-Trance. Zucke zusammen.
Zum zweiten Mal. Vom Gerüst auf der Bau-
stelle um die Ecke ist wohl *nur* ein großes Metallteil heruntergefallen und hart
auf dem Asphalt aufgeschlagen.

Meine Schreckhaftigkeit ist exponenti-
ell angestiegen. Bis hin zu absurden
Wahnvorstellungen?! Oder ist die Bedrohung real? Weiß Gott? Ertrage die Terror-
Berichterstattung nicht mehr. Halte diese
Negativität nicht mehr aus. Spätestens
seit mich die Hochstraße-Horrorbilder in
der Realität und tagsüber in meiner Phan-
tasie- und nachts in meiner Traumwelt

eingeholt haben.

Früher wollte ich jedes Detail recherchieren zu den Anschlägen, zu mutmaßlichen Tätern, zu den Opfern, zu den Hintergründen. Wollte unbedingt die Motive der deutschen und internationalen linksextremen Terrorgruppierungen und -vereinigungen ermitteln. Wollte Lösungen. Wollte <u>Gerechtigkeit</u>. Alles vorbei!

Alles umgeschlagen. Um hundertachtzig Grad. Blicke auf meine Reverso. Wende sie nach innen. Schnell noch die gestern erschienene Single *Never Let Me Down Again* gekauft. Bernd, der Plattenladenmann, legte mir ein pressfrisches Exemplar zur Seite, obwohl er mich fast ein halbes Jahr nicht mehr gesehen hatte. Die zuvor veröffentlichten Depeche Modes, die ich bisher nur aus dem Radio aufgenommen hatte, auch eingepackt. Überlege, mir demnächst einen CD-Spieler zu kaufen. Kann mich aber nicht von der analogen Welt trennen. Noch nicht. Bin noch nicht bereit, um mit der Moderne zu gehen.

Spüre den Schlafmangel. Müde. M sollte jetzt eigentlich schon ihren Nachwuchs haben? Hat aber nichts von ihrem Baby erwähnt. Mir diese Dragan-Information nur eingebildet? Jedenfalls würde sie nun doch gerne ihre Mutter mit zu sich nach Monte Carlo nehmen. Und ich solle auch mal ein paar Tage zu Besuch kommen und mich erholen, etwas ausspannen. Hier im Schwarzwald habe ihre Mutter ja niemanden mehr aus der Familie und sie erkenne auch sonst keine Besuche wieder. Egal, ob Bekannte oder enge Freunde.

Kann mir nicht vorstellen, daß M das ernsthaft möchte. Mich zu Besuch? Eher ein Scheinangebot? In einer knappen Stunde werden wir uns treffen. Bin irgendwie gelassen und doch nervös. Einmalig seltsames Gefühl. Schlimmer als die ausgemalte spätere Konsequenz ist meist die vorausgehende Angst. Atemlose Antizipation. *Tempus fugit.* Werde sie fragen, wo Nepomuk beerdigt ist. Fühle mich inzwischen stark genug, beide Gräber zu besuchen.

Mich dem Friedhof zu nähern.

Während ich diesen Eintrag schreibe und das Bibelzitat von heute früh abtippe, höre ich für ewige Sekunden, sicher zum achten Mal hintereinander, den neuen Song. Sehr eingängig. Sowohl Melodie, als auch die himmlisch-raffinierten Lyrics, die ich beinahe schon auswendig kann.

Never Let Me Down Again[64] springt direkt zwischen meine Ohren. Martin Gore textet besser als ich. Besonders das vermeintlich prophetische Ende sticht hervor: *Everything's alright tonight.* Heute abend wird alles gut sein. Könnte akzeptieren, es als Motto zu übernehmen. Will keine Anschläge mehr. Keinen Terror. Keine Morde. Keine Toten. Keinen Verfolgungswahn. Nur noch schöne Seiten.

Wenn die Arbeit an meinem Zeitreiseroman womöglich schon nächsten Monat erfolgreich beendet sein wird, könnte ich eine Dokumentation über Depeche Mode beginnen. ---

---

64 Lyrics: Martin Gore (1987)

Halt! Brüste dich nicht damit, was du morgen vorhast. Du weißt nicht, was der heutige Tag dir noch bringen wird![65]

BIEIXBEEEFBBBBEIXBIEBIXBHEBEUUIXWOHEBXIXIUE
IBXXIBIXFBEBIXIBIEBIXIKFBEEBEIBBXBBIBEIBIEI

Über den Autor: ist ungemein wenig bekannt. *Theodor Vincent Seel*: Mysteriöses Pseudonym eines verboten guten Storytellers. Was ist Dichtung, was ist Wahrheit? Wahn oder Wirklichkeit?